Con Mucho Cariño Antonio Delitoooo

Stewart, David
    ¡Qué buena idea! : poder mental / David Stewart ; ilustraciones
David Antram ... [et al.] ; traducción Gabriela García de la Torre.--
Bogotá : Panamericana Editorial, 2007.
    64 p. : il. ; 28 cm.
    Título original. What´s the big idea?
    ISBN 978-958-30-2462-7
    1. Inventos - Historia - Literatura juvenil 2. Tecnología - Historia -
Literatura juvenil 3. Historia antigua - Literatura juvenil I. Antram,
David, 1958-, il. II. García de la Torre, Gabriela, tr. III. Tít.
I609 cd 21 ed.
A1104488

    CEP-Banco de la República-Biblioteca Luis Ángel Arango

Título original del libro
What´s the Big Idea?

Nombre original de la colección
Brain Power

Edición en inglés
Charlene Dobson
Penny Clarke

Autor
David Stewart

Ilustradores
David Antram, Mark Peppé, John James,
Mark Bergin, Carolyn Scrace, Gerald Wood,
Tony Townsend, Nick Hewetson, Bill Donohoe,
Ray and Corrine Burroughs, Hans Wiborg-Jenssen

Editor
Panamericana Editorial Ltda.

Edición en español
Luisa Noguera Arrieta

Traducción
Gabriela García de la Torre

Primera edición The Salariya Book Company Ltd., 2005
Primera edición en Panamericana Editorial Ltda., abril de 2007

© 2005 The Salariya Book Company Limited
© 2007 de la traducción al español: Panamericana Editorial Ltda.

Calle 12 No. 34-20, Tels.: (571) 3603077 - 2770100
Fax: (571) 2373805
panaedit@panamericanaeditorial.com
www.panamericanaeditorial.com
Bogotá D.C., Colombia

ISBN 978-958-30-2462-7

Todos los derechos reservados. Prohibida su reproducción total
o parcial por cualquier medio sin permiso del Editor.
Impreso por Panamericana Formas e Impresos S.A.
Calle 65 no. 95-28, Tel.: (571) 4300355, Fax: (571) 2763008
Bogotá D.C., Colombia
Quien sólo actúa como impresor.

Impreso en Colombia   Printed in Colombia

El poder de la mente

¡Qué buena Idea!

2.400.000 años de inventos

David Stewart

PANAMERICANA
EDITORIAL

Contenido

4
Los primigenios
2.400.000 a 8.000 a. C.

6
Las primeras ciudades
11.000 a 2000 a. C.

8
Antiguo Egipto
3000 a 300 a. C.

10
Antigua Grecia
285 a 150 a. C.

12
Los romanos
73 a. C. a 476 d. C.

14
La edad oscura
300 a 950 d. C.

16
La temprana Edad Media
1066 a 1286

18
Castillos en guerra
1300 a 1364

20
Sociedad feudal
1295 a 1400

22
El Renacimiento
1415 a 1565

24
Nuevos horizontes
1492 a 1590

26
Planetas y partículas
1572 a 1661

28
Maquinaria pesada
1665 a 1752

30
El poder del vapor
1755 a 1792

32
La revolución eléctrica
1799 a 1824

34
Trenes y ferrocarriles
1819 a 1840

36
Fábricas y herramientas
1833 a 1859

38
Luz en las ciudades
1852 a 1879

40
Nuevas comunicaciones
1876 a 1891

42
Aprender a volar
1893 a 1901

44
Producción en serie
1900 a 1912

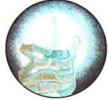

46
Telecomunicaciones
1912 a 1926

48
Armas sofisticadas
1923 a 1946

50
Las grandes potencias
1941 a 1958

52
Conquista del espacio
1960 a 1969

54
Tecnología moderna
1970 a 1979

56
La frontera final
1980 a 1987

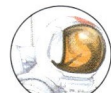

58
El mundo cibernético
1990 a 1999

60
El nuevo milenio
2000 a... ?

62
Glosario

63-64
Índice

Debido al permanente cambio de los enlaces en Internet, Book House desarrolló una lista de sitios en red relacionados con los temas de este libro.
Consulta
http://www.book-house.co.uk/bp/bigidea
para ver la lista actualizada.

2.400.000 a 8000 a. C.

Los primigenios

Imagínate esta escena: un hombre agachado partiendo un hueso con una piedra; cuando lo logra, saltan astillas de la piedra, y una de ellas hiere su dedo. Se queda pensando entonces: "Si esta piedra puede corta mi piel, ¡yo podría cortar cosas con ella!"

Así fue como en la Edad de Piedra, hace 600.000 años, se empezaron a usar piedras como cuchillos. El cuchillo más que un invento, es un descubrimiento. Por el contrario, los arcos y las flechas fueron inventados por el hombre y usados por primera vez en África, hacia el año 30.000 a. C. Tomó años descubrir qué maderas y fibras eran mejores para su elaboración.

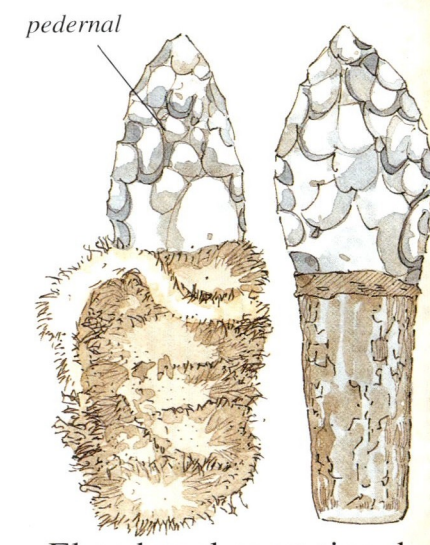

pedernal

El pedernal es un tipo de piedra fácil de tallar para sacar bordes afilados. La mayoría de los cuchillos de la Edad de Piedra eran de pedernal.

¡Qué buena idea!

Comida rápida

En la Edad de Piedra, los hombres eran cazadores nómadas que perseguían fieras salvajes en las llanuras. Usaban lanzas, arcos y flechas, palos y hondas para derribar a su presa desde lejos.

Los hombres primigenios realizaban cacerías organizadas. Cubrían un gran hoyo con ramas y matorrales. Luego perseguían al mamut más débil llevándolo hacia la trampa, donde lo mataban con lanzas y piedras.

¡cric!
¡crac!

El hombre prehistórico hacía fuego girando un palito en un trozo de madera, hasta que la fricción encendía las hojas secas que amontonaba debajo.

Inventos

2.400.000 a. C. Uso de la piedra afilada para cortar. En un extremo tenía filo y en el otro un borde redondeado, para manipularla con comodidad.

Sucesos

750.000 a. C. Vestigios de hogueras en cavernas, demuestran que el *Homo erectus* usaba el fuego.

160.000 a. C. Los hombres modernos (*Homo sapiens*), aparecieron en el África.

70.000 a. C. Los hombres modernos migraron de África hacia Europa y sur de Asia.

55.000 a. C. Llegaron los primeros grupos humanos a Australia. Durante 5000 años, exterminaron muchas especies animales.

47.000 a. C. Cayó un asteroide, en lo que hoy es Arizona, Estados Unidos y causó una explosión equivalente a diez bombas nucleares. Dejó un cráter de 1,5 km de diámetro.

30.000 a. C. Los hombres del Paleolítico, registraron números con marcas en huesos de animales, marfil y piedra.

25.000 a. C. Hombres en Francia, ya producían música.

12.000 a. C. Primera evidencia de habitantes en Norteamérica.

piedra — *tiras de cuero*

250.000 a. C.
Aparecen las hachas de piedra en Europa, Asia y África. Se amarraba la cabeza del hacha a un mango de madera usando tiras de cuero, para manejarla con facilidad.

chip chip

50.000 a. C.
Pintura en las cavernas en Medio Oriente, Europa y África. Los colores se sacaban del barro y piedras de distintas tonalidades. Por lo general se ilustraban escenas de caza. Las cuevas eran tan oscuras que los artistas debían usar antorchas para ver mejor. En Francia se encontró el vestigio de la antorcha más antigua, que tiene 17.000 años y está hecha en una piedra ahuecada donde se depositaba grasa animal, que ardía gracias a un mechón de musgo seco.

pintura en aerosol con una caña hueca

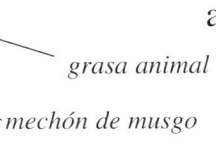

grasa animal
mechón de musgo

trampa

8000 a. C. Para mejorar la pesca, fueron más efectivas las trampas que las lanzas y arpones. Estaban hechas de cañas entretejidas y se tendían contra la corriente de los ríos.

5

11.000 a 2000 a.C

Las primeras Ciudades

Hacia el año 8000 a. C. los sumerios, un pueblo nómada que recorría los territorios que hoy llamamos Medio Oriente, se asentaron gradualmente y empezaron a cultivar la tierra. Construyeron pueblos a lo largo de las riberas fluviales, que luego se desarrollaron hasta formar las primeras ciudades-estado en la Mesopotamia Antigua, hoy Iraq. Instauraron sistemas de gobierno y cobro de impuestos para la construcción de obras públicas y sistemas de riego. El registro del pago de impuestos se llevaba en la forma más antigua de escritura, llamada "cuneiforme".

¡Qué buena idea! La rueda

Rueda sólida

Rueda de tabla

Rueda semisólida

Rueda con radios

Las primeras ruedas fueron gruesos discos de madera, cortados de los troncos de los árboles. Luego, al hacerlas de largueros de tabla más delgados, se facilitó juntarlas con llaves metálicas o de madera; sin embargo, seguían siendo muy pesadas de modo que eliminaron poco a poco la madera, hasta llegar a la rueda con radios que conocemos. Ésta se utilizó por primera vez hacia el año 2000 a. C.

Domesticación de animales

El primer animal domesticado fue el perro. ¿Y qué pasó con los otros? Parece que los cazadores capturaban cachorros de diferentes animales, para el consumo humano. Se tiene certeza de que en Turquía, hacia el año 9000 a. C. se criaban cerdos y para el 8000 a. C., en Medio Oriente ya había grandes rebaños de cabras. En el 2000 a. C. habían domesticado camellos y caballos.

OINK! ¡GRUNT!

Él no se oye muy domesticado

Sucesos

11.000 – 9500 a. C. Se derritieron las últimas capas de hielo en América del Norte, Europa y Asia, poniendo fin a la Edad de Hielo.

7000 a. C. Primer asentamiento humano en Jericó, Medio Oriente.

5600 a. C. El aumento del nivel del mar Mediterráneo creó el embalse natural del Bósforo (Turquía), e inundaciones en el Mar Negro, que entonces era sólo un lago.

5500 a. C. (aprox.) Los primeros granjeros cultivaban arroz en el río Amarillo, en China oriental.

5000 a. C. El aumento en el nivel del mar cubrió el puente natural que existía entre Gran Bretaña y Europa.

5000 a. C. Se fundó la primera ciudad-estado en Mesopotamia (Iraq).

3000 a. C. (aprox.) Los habitantes del valle del río Indo (Pakistán) ya usaban algodón para la fabricación de prendas de vestir.

2500 a. C. (aprox.) Se cultivó la papa, y se trabajaron la cerámica y las artesanías en metal, en las poblaciones agrícolas del Perú.

Inventos

olla hecha con tiras de arcilla enrolladas

7000 a. C. En Medio Oriente (Turquía), se fabricaron las primeras ollas enrollando tiras de arcilla.

¡Ojalá esta rueda se moviera más fácilmente!

3500 a. C. Apareció la primera rueda en Mesopotamia. Este torno alfarero giraba mientras el artesano trabajaba con la arcilla.

torno de alfarero primitivo

3500 a. C. Descubrimiento del bronce, una aleación de cobre y estaño. El bronce fundido se depositaba en moldes para que se enfriara, antes de usarlo.

bronce fundido

molde

3500 a. C. Los sumerios inventaron la escritura. Con una rama delgada hacían trazos sencillos en la arcilla fresca, a manera de palabras. Esta forma de escritura, conocida como cuneiforme, pronto se difundió por todo Medio Oriente.

cuneiforme

arcilla

2000 a. C. Aunque había caballos domesticados, aún no acarreaban peso porque les maltrataban las correas y arneses. Pasarían 200 años antes de que se construyeran carros de tiro ligeros, y mucho más tiempo aún, hasta que se mejorara el sistema de arneses.

...200 años después...

¡Si me lo preguntan, la vida era más sencilla antes de que inventaran los arneses!

Primeros agricultores

La caza y recolección fueron el modo de subsistencia antes del desarrollo de la agricultura. Los cazadores-recolectores vivían en grupos de varias docenas y se desplazaban continuamente en busca de comida. La agricultura evolucionó en la medida que los hombres usaron su conocimiento y observación de las plantas para cultivarlas y cosecharlas sistemáticamente. También trajo consigo la domesticación de animales para el consumo. Es posible que los cambios climáticos los obligaran a establecerse en un solo lugar, especialmente, en puntos cercanos a fuentes de agua. De esta manera podían vivir en comunidades más grandes y, al tener un suministro regular de

Una escena de la vida cotidiana sumeria

comida, quedaba tiempo para aprender nuevas destrezas como la cerámica, el tejido y la fabricación de herramientas y armas. Al no desplazarse continuamente, empezaron a construir viviendas permanentes.

3000 a 300 a. C.

Antiguo Egipto

El Antiguo Egipto fue una de las grandes civilizaciones de la humanidad. Produjeron obras maravillosas de arte y arquitectura, estudiaron matemáticas, astronomía y medicina, e inventaron una forma de escritura llamada jeroglíficos. El Alto y Bajo Egipto fueron dos reinos de comunidades agricultoras que se desarrollaron a lo largo de la ribera del Nilo antes del año 5000 a. C. Después, en el año 3118 a. C. se unificaron en un solo reino bajo el poder de Menes, primer faraón egipcio.

Sucesos

2550 a. C. Comenzaron las labores de construcción de la pirámide de Gizeh que 30 años después estuvo terminada.

2075 a. C. Se erigieron las enormes *piedras de sarsen*, cada una de 25 toneladas de peso en Stonehenge, actual Wiltshire, Inglaterra.

1628 a. C. Explotó la isla volcánica Tera (hoy Santorini), provocando gigantescas olas de 50 m de altura, que arrasaron la civilización Minoica, cerca de la isla de Creta.

1400 a. C. Guerreros micénicos invadieron Grecia. Este nuevo asentamiento dio lugar a la civilización griega.

1200 a. C. Se libró la guerra de Troya en Anatolia occidental, hoy Turquía.

800 a. C. El poeta griego Homero escribió **La Iliada** y **La Odisea**, leyendas sobre la guerra y la posguerra de Troya.

776 a. C. Primeros Juegos Olímpicos.

449 a. C. Los griegos vencieron a los persas en la batalla naval de Salamina. Con esta victoria, terminó una guerra que duró 40 años.

Pirámides

Las pirámides eran grandes sepulcros para los faraones. Su forma representaba los rayos del sol al caer sobre la tierra. Los egipcios creían que a la muerte del faraón, éste podía subir al cielo a través de ellos. La construcción de las pirámides es de una exactitud asombrosa, a pesar de sus enormes dimensiones, gracias a las herramientas de construcción que desarrollaron.

¡Qué buena idea!

Herramientas egipcias
- ángulo recto
- tijeras
- plomada
- regla

Inventos

3000 a. C. Los egipcios inventaron los jeroglíficos, una forma de escritura basada en dibujos que representaban palabras, sílabas y sonidos. Esta escritura se hizo más veloz cuando inventaron el papiro (una especie de papel), y constituyó el origen de nuestro sistema actual de escritura.

Querida mamá, hace buen clima...

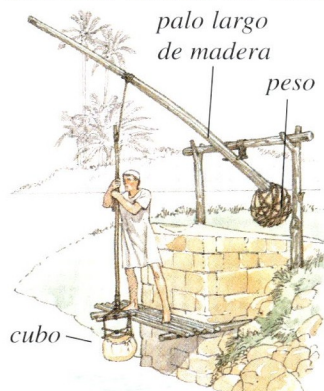

palo largo de madera
peso
cubo

2500 a. C. La invención del bimbalete o *shaduf* facilitó el riego de cultivos. Consistía en un poste de madera con un peso en uno de sus extremos y un cubo en el otro. El cubo lleno de agua, se subía con la ayuda del peso del otro extremo.

2000 a. C. Los egipcios inventaron el reloj de sombra. Se calculaba el tiempo, contando las marcas sombreadas de una barra ubicada de frente al sol. En la mañana la sombra se inclinaba hacia el oriente y en la tarde, hacia el occidente.

Sombra indicando la hora

700 a. C. El rey Giges de Lidia (hoy Turquía) emitió las primeras monedas conocidas, hechas de una aleación de plata y oro, grabadas con la imagen del rey en una de sus caras.

¡Sólo necesitaba una buena patada!

Torno alfarero

300 a. C. El uso del torno alfarero accionado con el pie, fue común entre griegos y egipcios. La cerámica daba vueltas, al hacer girar el torno con la punta del pie.

La medición del tiempo

Ya que el río Nilo se desbordaba por la misma época, los antiguos egipcios fueron los primeros en establecer la duración de un año. Las inundaciones sucedían casi siempre cuando el Sol y la estrella Sirio se encontraban en el punto más alto del cielo. Aunque esta coincidencia astral se daba cada 365 días, un año tiene en realidad, un cuarto de día más. De este modo, el calendario egipcio fue descuadrándose a lo largo de 1455 años aproximadamente, pero fue exacto en el año 139 d. C. Con base en este dato, los astrónomos modernos presumen que los egipcios usaban el calendario anual de 365 días desde el año 4228 a. C.

astrónomo egipcio

La "ñapa" de los griegos...

Los astrónomos griegos completaron el cuarto de día faltante en el calendario egipcio, agregando un día extra (ñapa) cada cuatro años, lo que conocemos como años bisiestos. Los romanos, bajo el gobierno de Julio César en el 46 a. C, adoptaron el calendario griego.

ANTIGUA GRECIA

285 a 150 a.C.

Si no fuera por la civilización de la Antigua Grecia, tú no estarías leyendo este libro. Ellos desarrollaron el primer alfabeto que conocemos; de hecho, el origen de este nombre viene de las dos primeras letras del alfabeto: alpha y beta. Los griegos antiguos también determinaron muchas formas de pensamiento actuales, como la política, la ciencia, la educación y las artes. La arquitectura, la literatura y el teatro griegos han inspirado a hombres de todos los tiempos, aunque quizá el legado más importante que hemos recibido de ellos ha sido la democracia. Según ella, todos los ciudadanos tienen el derecho de opinar sobre cómo dirigir la ciudad. *Demokratia* es una palabra griega que significa "gobierno del pueblo".

ESCLAVOS

Los griegos estaban llenos de ideas, pero escasamente inventaron algo que hiciera la vida más cómoda. No lo necesitaban porque, como muchas civilizaciones antiguas, tenían esclavos que hacían el trabajo pesado.

¡Qué buena idea! La DEMOCRACIA
(pero sólo para algunos...)

Atenas era la ciudad-estado más grande de Grecia que, en pleno apogeo, contaba 260.000 habitantes. No obstante, sólo unos 45.000 varones podían votar. Las mujeres, los nacidos fuera de Atenas y los 70.000 esclavos de la ciudad, lo tenían prohibido.

Los atenienses concertaban una asamblea cada nueve días, y cerca de 5000 habitantes acudían. En estas reuniones, por lo general, había mucha bulla y discusiones.

Inventos

285 a. C. El rey Tolomeo II construyó el primer faro cerca de la ciudad egipcia de Alejandría. Tenía más de 130 m de alto y se iluminaba con fuego que ardía toda la noche.

250 a. C. El tornillo de Arquímedes consistía en un tubo con una espiral interior y una manija exterior. Uno de los extremos se sumergía en el agua y se le daba manivela para hacerla subir. Esta sencilla máquina sacaba el agua muy fácilmente.

250 a. C. El inventor griego Tesibio de Alejandría, Egipto, creó la bomba de succión, que se usaba balanceando una palanca externa para ejercer presión con el aire interno y así chupar el agua de abajo.

Arco romano

200 a. C. Los romanos construyeron el primer puente con arco. Este invento marcó una gran diferencia con la construcción tradicional, porque antes se usaban vigas horizontales sostenidas por pilares verticales.

150 a. C. Invención del papel en China. Se batían en agua tela, madera y caña, hasta convertirlos en una pulpa maleable. Luego se extendía la masa en láminas delgadas como sábanas y se dejaba secar.

fabricación de papel en la Antigua China

Inventores

Arquímedes
(287 a 212 a. C.)

Nacido en Siracusa, Italia, Arquímedes fue una de las figuras más importantes en el desarrollo de las matemáticas. Además de ser el inventor de numerosos e ingeniosos dispositivos, como el Tornillo de Arquímedes, ideó aparatos con poleas para halar objetos pesados fácilmente. En el 214 a. C. el ejército romano atacó la ciudad donde vivía Arquímedes, quien ayudó a su defensa con máquinas y arietes, hechos con poleas y palancas, que destruyeron parte de la flota enemiga. Se dice que también usó espejos que dirigieron y concentraron los rayos del sol hacia los barcos romanos para prenderles fuego. A pesar de este sofisticado armamento de guerra, Siracusa cayó finalmente, luego de un largo asedio. El general romano que se tomó la ciudad ordenó conservar vivo a Arquímedes, pero un soldado lo asesinó, sin saber de quién se trataba.

Tesibio
(285 a 222 a. C.)

Fue la primera persona en demostrar que el aire es un elemento que, bajo presión, crea una fuerza de empuje o de tracción. Además de la bomba de succión, inventó un reloj de agua, el dispositivo más exacto de la medición del tiempo hasta el siglo XVII.

73 a.C. a 476 d.C.

LOS ROMANOS

En el siglo VIII a. C. el pueblo que hoy llamamos "latino" se asentó a lo largo del río Tíber en Italia. Su comunidad fue creciendo hasta convertirse en pueblo, y luego en Roma, la gran ciudad capital del Imperio Romano. Este imperio duró casi mil años y su poderío llegó a su apogeo bajo el mandato de los emperadores Trajano (98-117 d. C) y Adriano (117-138 d. C.). Los romanos conquistaron a los griegos pero desarrollaron y continuaron muchas de sus ideas. También fueron excelentes ingenieros en la construcción de puentes, vías, puertos y acueductos, sin los cuales habría sido imposible gobernar aquel enorme imperio.

Sucesos

73 a. C. El esclavo Espartaco lideró la rebelión de sus compañeros contra Roma.
Tras ser derrotado en el 70 a.C., 6000 de los rebeldes fueron crucificados como castigo y escarmiento.

27 a. C. Empieza el reinado del primer emperador romano, César Augusto.

43 d. C. Gran Bretaña es conquistada por Roma y se convierte en la provincia de Britania.

248 d. C. Roma celebra 1000 años de existencia.

476 d. C. Los Godos invaden Roma.

¡Qué buena idea! El concreto

Constructores de Mesopotamia y el Antiguo Egipto usaron formas primitivas de concreto, pero los romanos las mejoraron con un nuevo ingrediente, la polozza (especie de ceniza volcánica) que, unida a los materiales tradicionales (cal, trozos de piedra y agua), hicieron del concreto un material impermeable y más resistente. Desde entonces, las construcciones con concreto fueron más fuertes, livianas y económicas que aquellas hechas sólo con piedra.

En el año 19 a. C. se construyó el Pont du Gard, en Nimes, Francia. Antiguo acueducto que con 49 m de altura proporcionaba a cada habitante un promedio de 600 litros de agua al día. El desarrollo de esta ciudad no hubiera sido posible sin tal suministro de agua potable.

Esta rueda de ardilla gigante, tenía un poste con una polea en un extremo. Al hacer girar la rueda en la base, con una o varias personas caminando dentro de ella, se podía subir un peso o carga, enganchándola a la polea.

Las primeras murallas romanas fueron hechas de escombros mezclados con arcilla y caliza (1). Luego usaron escombro y cemento (2). Recubrían con caliza la cara externa de la muralla (3) o con piedritas cuadradas (4) y usaban capas (hileras) de ladrillo y piedra (5) en las esquinas. En la parte interna, hacían marcos de madera (6).

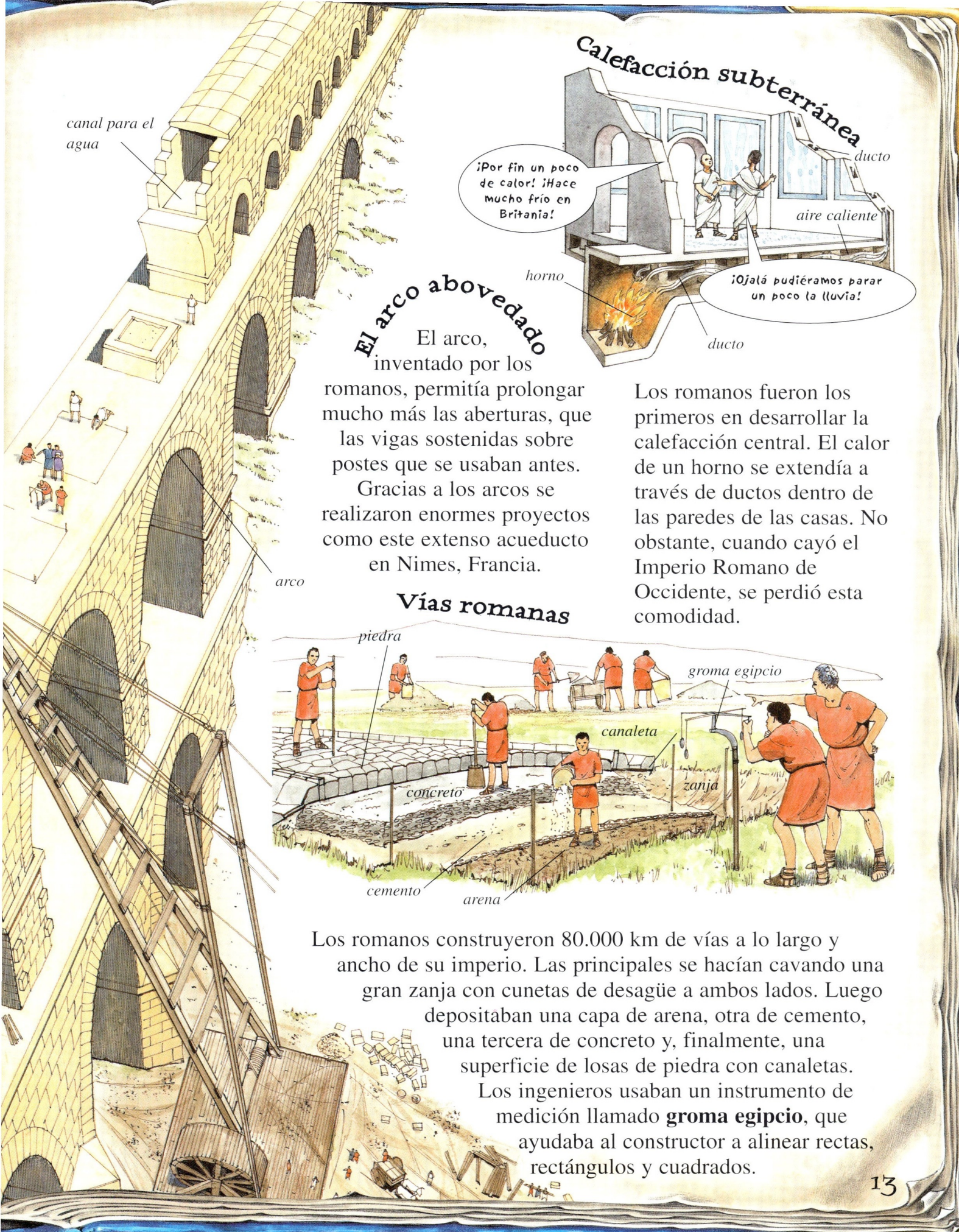

Calefacción subterránea

¡Por fin un poco de calor! ¡Hace mucho frío en Britania!

¡Ojalá pudiéramos parar un poco la lluvia!

El arco abovedado

El arco, inventado por los romanos, permitía prolongar mucho más las aberturas, que las vigas sostenidas sobre postes que se usaban antes. Gracias a los arcos se realizaron enormes proyectos como este extenso acueducto en Nimes, Francia.

Los romanos fueron los primeros en desarrollar la calefacción central. El calor de un horno se extendía a través de ductos dentro de las paredes de las casas. No obstante, cuando cayó el Imperio Romano de Occidente, se perdió esta comodidad.

Vías romanas

Los romanos construyeron 80.000 km de vías a lo largo y ancho de su imperio. Las principales se hacían cavando una gran zanja con cunetas de desagüe a ambos lados. Luego depositaban una capa de arena, otra de cemento, una tercera de concreto y, finalmente, una superficie de losas de piedra con canaletas.

Los ingenieros usaban un instrumento de medición llamado **groma egipcio**, que ayudaba al constructor a alinear rectas, rectángulos y cuadrados.

13

300 a 950 d.C.

La edad oscura

¡En fin, por una cosa puedo decirte que no era **oscura**!

E l Imperio Romano cayó con la toma de Roma por los bárbaros en el 476 d. C. La paz y el orden que reinaban desaparecieron dando lugar a invasiones y zozobra. Por esto, a este período se le llama la edad oscura. En el norte escaseaba la tierra por el incremento de la población de vikingos y anglosajones, y en consecuencia empezaron a invadir Gran Bretaña y Europa oriental. Los vikingos eran excelentes marineros, establecidos en Rusia y en tierras desconocidas para los europeos (incluida América del Norte). Sin embargo, hacia el siglo VII, los árabes en la otra parte del mundo, estaban en pleno florecimiento: el Imperio Bizantino (la mitad oriental del Imperio Romano) tenía un gran avance tecnológico y mucho poder, incluso ochocientos años después de la caída de Roma.

Grandes civilizaciones también prosperaban en México, India y China. Por otro lado, varios inventos chinos de esta época (la porcelana, por ejemplo) fueron completamente desconocidos para Europa durante varios siglos.

¡Qué buena idea!

AMÉRICA

En el año 1000, exploradores vikingos encontraron una región a la que llamaron Vinland, y hoy se conoce como América.

Sucesos

632 d. C. Muere Mahoma, el primer profeta del Islam.

673-678 d. C. Los árabes sitiaron Constantinopla, capital del Imperio Bizantino. Sin embargo, su flota fue atacada y vencida con proyectiles de fuego griego, especie de bola ardiente, hecha de una mezcla de grasas y químicos.

715 d. C. El Imperio Musulmán se extendió hacia Oriente, desde los Pirineos españoles hasta China occidental.

800 d. C. Carlo Magno se convirtió en el Santo Emperador Romano y gobernó sobre buena parte de Europa occidental.

¡Grrr! ¡Llegaron muy pronto; vuelvan en 1492! (ver pág. 24)

Inventos

jinete chino

300 d.C. (aprox.) Los chinos inventaron los estribos; ya habían inventado la silla de montar más o menos un siglo antes. La unión de estos dos inventos, produjo una silla bastante cómoda para montar a caballo.

500 d. C. Los árabes inventaron los nueve números (dígitos) que usamos hoy en día y pueden combinarse de muchas maneras para dar infinidad de nuevos números.

850 d.C. (aprox.) El rey Alfredo el Grande de Inglaterra inventó el reloj de vela. Consistía en una vela marcada con las horas y, a medida que se consumía, se podía calcular el tiempo contando las marcas de cera derretida.

850 d.C. (aprox.) Los chinos inventaron la porcelana, material duro, blanco y resistente al agua, hecho de arcilla. Con ella hacían tazas y jarrones. 350 años después, la porcelana llegaría a Europa.

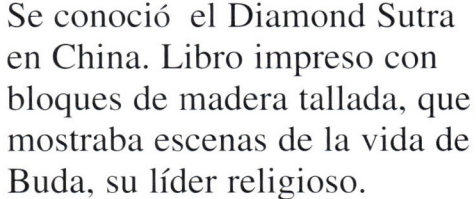

Porcelana china

páginas del Diamond Sutra

868 d. C. Se conoció el Diamond Sutra en China. Libro impreso con bloques de madera tallada, que mostraba escenas de la vida de Buda, su líder religioso.

950 d. C. Se inventó en Europa la carreta de arado, con dos ruedas situadas adelante para facilitar su uso y manejo.

El mundo árabe

Con la caída del Imperio Romano de Occidente, Europa entró en el caos, mientras en Arabia una nueva fuerza surgía. En el año 630 d. C., Mahoma, predicador de La Meca (hoy Arabia Saudita), fundó un estado santo basado en las normas de su fe: el Islam. Sus seguidores difundieron esta ideología en Medio Oriente, parte de Europa y África, y pronto tuvieron el control de un vasto imperio.

Muchas de las ideas y tecnología de las civilizaciones griega y romana se habían olvidado por completo en Occidente, pero otras tantas sobrevivieron en Medio Oriente, conocimiento que se enriqueció por los tratos comerciales con China e India, en Oriente.

De hecho, durante este período conocido como la edad oscura, la civilización árabe lideraba el avance tecnológico en el mundo, en particular en astronomía y medicina. Las prácticas médicas de Al-Razi (850-932 d. C.), por ejemplo, tenían una ventaja científica de siglos sobre las prácticas médicas de Europa. Los médicos árabes estudiaban a sus pacientes minuciosamente para descubrir los efectos de las enfermedades. Incluso desarrollaron delicados instrumentos quirúrgicos para efectuar operaciones, y los medicamentos árabes eran famosos en todo el mundo medieval.

1066 a 1286
La temprana Edad Media

La Iglesia Católica comenzó como una pequeña secta perseguida en Medio Oriente. Sin embargo, en el año 1000 d. C. ya se extendía por gran parte de Europa. Durante la Edad Media, la Iglesia controlaba cada aspecto de la vida de la gente, desde la educación hasta la legislación, la literatura y el arte. La Iglesia ganaba más poder y tierras con el paso del tiempo y en algunas partes se volvió una institución corrupta. Todo aquel que dudara o cuestionara su autoridad era cruelmente castigado. Muchos se volvieron monjes, entregando sus vidas al servicio del Señor. Vivían de manera sencilla, trabajando la tierra y orando en monasterios y conventos. A diferencia de la mayoría de la gente de su época, los monjes sabían leer y escribir, y los monasterios solían tener bibliotecas con textos muy antiguos que los monjes transcribían con todo cuidado, para tratar de perpetuarlos. Si no hubiera sido por ellos, muchas obras de la Antigua Grecia y Roma que hoy conocemos, no habrían sobrevivido.

Sucesos

1066 Los normandos invadieron Inglaterra y coronaron a Guillermo el Conquistador como su rey.

1086 Se escribió el libro Domesday, que contiene detalles de la vida de los terratenientes y el cuidado del ganado en Inglaterra.

1150 Se construyó el gran templo Angkor Wat en Camboya, con 81 hectáreas y rodeado de un foso de 19 km.

1175 Subió al poder de Egipto y Siria, Saladín, un musulmán curdo que conquistó Jerusalén y fundó el Imperio Árabe.

1200 Manco Cápac, líder de los incas, fundó la ciudad sagrada de Cuzco, en Perú.

1204 Un ejército de las Cruzadas católicas sitió y saqueó Constantinopla (hoy Estambul, Turquía).

1215 El rey Juan de Inglaterra fue obligado a firmar la Carta Magna, un código de conducta redactado por el comité de nobles, para acabar con la corrupción.

1218 Los mongoles (guerreros nómadas de Asia Central) comenzaron a desplazarse hacia el occidente.

¡Qué buena idea!
La cárcel

Las cárceles existían antes de la Edad Media pero, por lo general, el encarcelamiento no era considerado una medida de castigo, sino un recurso temporal antes de la ejecución o la esclavitud.

¡Por desgracia!

Inventos

1100 (aprox.) Los chinos inventaron la brújula (ver derecha).

1200 Los árabes construyeron astrolabios sofisticados, con dispositivos mecánicos para ver la posición de los astros en cualquier hora y fecha, contribuyendo a la navegación marítima.

1250 Los galeses inventaron el arco largo, superando en potencia y alcance a la ballesta.

notas musicales

1260 Aparece por primera vez la escritura de las notas musicales en Europa para indicar diferentes tonalidades. Los símbolos que muestran la duración de las notas aparecieron hacia al año 1260.

C. 1286 (aprox.) Los primeros anteojos fueron creados en Italia, aunque sólo se difundieron a comienzos del año 1300.

arco largo

aspas

primeros anteojos

molinillo

harina

Se cree que el molino de viento con aspas horizontales se inventó en Persia, hacia el 700 d. C. En Europa empezaron a usarse molinos con aspas verticales en el 1200.

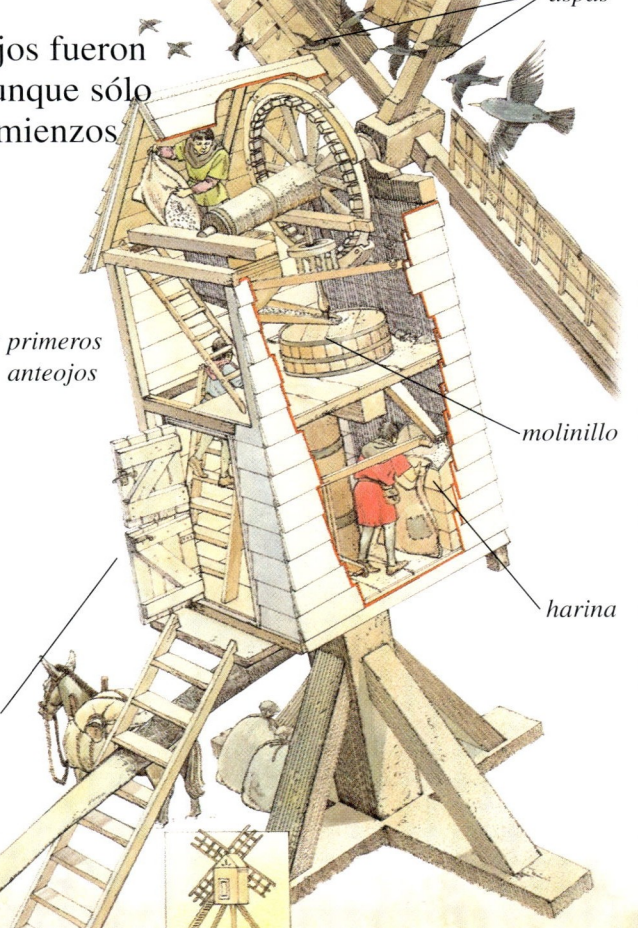

El contrafuente

Las primeras iglesias estaban hechas con sencillas estructuras de madera y otros materiales económicos pero, a medida que la Iglesia se enriquecía, construía sus recintos sagrados con piedra, para demostrar el poder de la fe católica. Cuando fueron demasiado grandes cambiaron las técnicas de construcción para evitar que se cayeran, pues algunas iglesias alcanzaron a desplomarse.

Contrafuerte en una catedral

Este auge en la construcción llevó al levantamiento de enormes y hermosas catedrales durante la Edad Media; cada vez más grandes y altas, al punto que se producía demasiada presión en las paredes. Para evitar la construcción de muros gruesos y burdos inventaron el contrafuerte, que consistía en una serie de arcos de piedra apoyados en fuertes columnas, con el fin de desplazar la presión de las paredes. De esta manera se logró una estructura resistente y elegante a la vez.

Castillos de guerra

Durante toda la Edad Media, Europa sufrió muchas guerras porque los distintos gobernantes se apoderaban de los terrenos y riquezas de estados vecinos. Para proteger el territorio o evitar nuevos ataques, reyes y nobles construyeron miles de castillos. Los primeros fueron de madera pero rápidamente se reemplazaron por castillos de piedra. Normalmente se construían en sitios donde resultara fácil defenderlos, como en la cima de las colinas o en puntos estratégicos e importantes, como en el cruce de ríos y de caminos. Un castillo también representaba el poder y la riqueza de su dueño.

Sitiar un castillo era la mejor manera de apoderarse de él. Los enemigos lo rodeaban para bloquear el suministro de alimentos y agua a sus habitantes, logrando su rendición. Un sitio podía durar meses, y solían usar enormes artefactos de madera diseñados para destruir las defensas. Los arietes, por ejemplo, derribaban pesadas puertas; las catapultas lanzaban enormes rocas, mientras la toma de las torres permitía a los atacantes acercarse a los muros.

toma de la torre

excavación de un túnel para debilitar los muros del castillo

ariete

Armadura

Inventos

1300 (aprox.) Las adaptaciones hechas a las carabelas, pequeñas embarcaciones de uso comercial en el Mediterráneo, las hicieron idóneas para los posteriores viajes de exploradores españoles y portugueses.

En la alta Edad Media, los soldados usaban cota de malla para protegerse. A pesar de estar hecha de un tejido de anillos metálicos, se podía atravesar con la punta de las armas. Posteriormente le añadieron láminas metálicas para brindar una mayor protección y finalmente, todo el traje fue hecho con ellas. Las armaduras eran tan costosas que sólo los caballeros (guerreros ricos al servicio de los gobernantes) las podían pagar.

¡Qué buena **idea**!

La pólvora

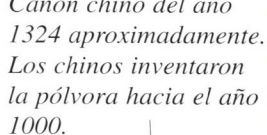

Cañón chino del año 1324 aproximadamente. Los chinos inventaron la pólvora hacia el año 1000.

1346 En la batalla de Crécy, Francia, se usaron por primera vez los cañones en Europa. Eduardo II de Inglaterra atacó a los franceses con ellos. No obstante, la habilidad de los arqueros ingleses logró la victoria, ya que los cañones, eran muy pesados y difíciles de maniobrar. Eran más efectivos contra muros de castillos o murallas de ciudades. En el año 1400 inventaron el cañón que disparaba proyectiles de hierro en vez de piedras. Con semejante arma, los castillos dejaron de ser seguros.

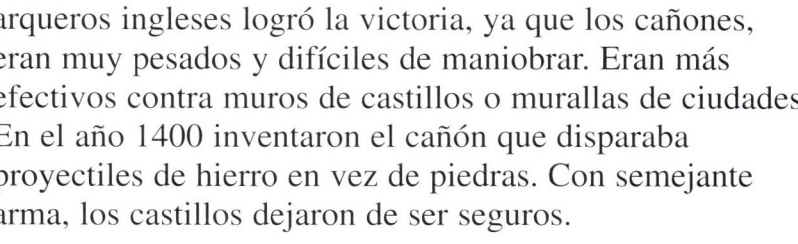

mangonel

trebuchet

1364 Giovanni de'Dondi fabricó un reloj con siete caras, que mostraban la posición de los planetas conocidos. Ha sido el reloj más complejo en la historia de la humanidad.

1295 a 1400
SOCIEDAD FEUDAL

Las catedrales pueden ser cada vez más altas con la ayuda de los contrafuertes (ver pág. 17).

Durante la Edad Media, los reyes y gobernantes poseían la mayoría de las tierras, y otorgaban parte de ellas a la nobleza aliada que les ayudaba a controlar el territorio. A su vez, esta nobleza daba tierras a los caballeros (guerreros de origen noble), en recompensa por los favores prestados en momentos de dificultad. Pocas personas, los llamados hombres libres, conocían algunos oficios o tenían negocios, lo cual les daba un poco de independencia y control sobre sus vidas. Pero la mayoría de personas eran labradores pobres que trabajaban la tierra de nobles y caballeros, a cambio de parte de la cosecha. Ésta era la base de la sociedad feudal en la Edad Media. En Japón sucedía algo similar en la misma época. En otros puntos del planeta también emergían estados poderosos, como los aztecas e incas en América, el reino de Malí en África y los mongoles en Asia.

¡Qué buena idea! Catedrales rascacielos

Ya que las catedrales eran monumentos en honor a la grandeza de Dios, debían destacarse por su imponencia. Pero también daban la gloria a sus constructores y a los habitantes del pueblo en donde estuvieran. Los contrafuertes sostenían estas enormes edificaciones y las torres y agujas aumentaban su magnificencia. Apuntaban al cielo para recordar siempre a Dios en las alturas. Las catedrales con agujas fueron las construcciones más altas en Europa hasta el siglo XIX y, a pesar de que terremotos y potentes rayos han destruido varias de ellas, aquellas que se mantienen de pie, hacen parte de las construcciones más grandes e imponentes del mundo.

Inventos

Este alfabeto data de la Edad Media. Tiene 24 letras, tres menos que el alfabeto actual en español, pues no existían la J, la V ni la Ñ.

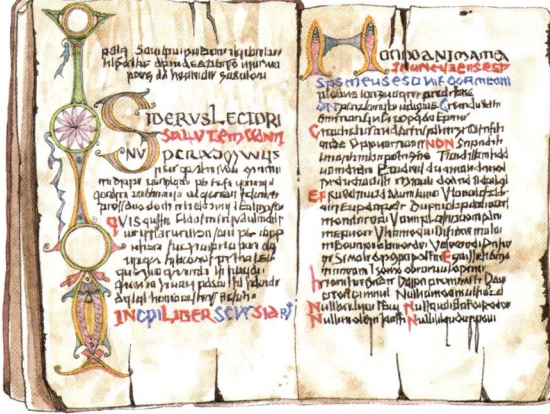

La Iglesia Católica dominaba la producción de libros en la Europa medieval. Los monjes copiaban todos los libros a mano y podían tardar 20 ó 30 años con una Biblia o un devocionario.

1380 (aprox.) El color de la orina de un paciente ayuda a diagnosticar su enfermedad. En el siglo XV, esta era una técnica muy sofisticada.

Cuadro de uroscopia que relacionaba el color de la orina, con su enfermedad correspondiente.

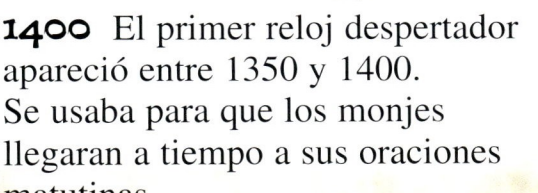

1400 El primer reloj despertador apareció entre 1350 y 1400. Se usaba para que los monjes llegaran a tiempo a sus oraciones matutinas.

Sucesos

1295 El mercader veneciano Marco Polo regresó a casa luego de vivir 17 años en la corte del emperador Kublai Kan, en China. Los europeos no sabían casi nada de esta gran civilización.

1347 La peste negra o bubónica llegó a Europa. El primer brote apareció en China y se propagó hacia occidente por las rutas comerciales. En 1348, llegó a Inglaterra y Francia, y hacia 1351 había invadido casi toda Europa. Esta enfermedad, transmitida por las pulgas de las ratas infectadas, causaba bubas (inflamaciones grandes y oscuras) en axilas e ingles. La mayoría de la gente moría al cabo de dos o tres días. Esta peste arrasó con 25 millones de personas, una cuarta parte de la población europea, ocasionando tal cataclismo social y económico, que a Europa le tomó cien años recuperarse de ella.

1415 a 1565

El Renacimiento

No puede establecerse con precisión el fin de la Edad Media, pero se puede hablar de varios factores que se combinaron para terminar con el sistema feudal en el que se basaba la sociedad medieval. Uno de ellos fue la peste negra, que mató millones de personas en el siglo XIV y, por tanto, redujo el número de trabajadores incrementando el pago a los pocos que quedaban. Otro factor fue el aumento de la actividad comercial, que convirtió a ciertas ciudades en lugares prósperos y prometedores para trabajar. Al mismo tiempo, eruditos italianos retomaron el estudio de escritores griegos y romanos clásicos. La Iglesia Católica controlaba la vida de las personas pero los autores clásicos fomentaban un pensamiento independiente. Pronto el arte y la filosofía florecieron y hubo un nuevo interés por la observación científica. Por estas razones, los historiadores llaman a esta época el Renacimiento, es decir, volver a nacer.

Sucesos

1415 12.000 soldados ingleses enfrentaron a los 60.000 de la armada francesa en Agincourt. Los arqueros ingleses dieron la victoria a su patria en esta batalla.

1441 Se cree que el pintor flamenco Jan van Eyck usó por primera vez pinturas a base de aceite, los llamados óleos, que proporcionaban efectos más claros y brillantes que las técnicas anteriores.

1453 Cae Constantinopla a manos de los turcos: este fue el fin del Imperio Bizantino que duró casi mil años, y había nacido del antiguo Imperio Romano de Oriente.

1470 El Imperio Inca en Sudamérica alcanzó su mayor expansión, extendiéndose 4000 km desde Colombia en el norte, hasta Chile en el sur. El emperador gobernó a unos diez millones de personas.

1477 En un impresionante ritual de sacrificio, el emperador azteca y sus consejeros dieron muerte a 20.000 cautivos, quitándoles el corazón con cuchillos de pedernal, en honor a los dioses en Tenochtitlán (hoy México).

¡Qué buena idea! Imprimamos libros

- una prensa para libros adaptada de una prensa de uvas
- impresión de un pliego de papel sobre tipos untados de tinta
- un cajista arma una página con un tipo por cada letra
- una página armada de tipos, lista para entintar con almohadillas

¡Tengan corazón... pero no el mío, por favor!

Inventos

1450 En Alemania se imprimieron naipes (ver arriba) en bloques de madera. Las primeras cartas se usaron en China hacia el año 850 d.C. Los cuatro palos aparecieron en 1440.

1452 Nace Leonardo da Vinci, quien fue una de las figuras más importantes del Renacimiento. Entre sus inventos está el cuentakilómetros, un dispositivo hecho de engranajes de alta precisión que servía para medir una cierta distancia recorrida.

1492 El cartógrafo alemán Martin Brehaim construyó el primer globo terráqueo que era inexacto y no incluía América. Este continente era desconocido todavía para los europeos del Renacimiento, y sólo tuvieron noticia suya, hacia finales de ese año.

1498 La enciclopedia china ya describía un cepillo de dientes, con cerdas en ángulo recto y un mango.

1538 Se diseñó la primera campana de buzo en Toledo, España. En 1717 el científico inglés Edmund Halley desarrolló su versión (derecha).

estuche de madera

grafito

¡Espero que no haya tiburones!

1565 El médico suizo Konrad von Gesner inventó el lápiz, similar al que conocemos, hecho de madera con grafito puro en su interior.

Gutenberg

El metalurgista alemán Johannes Gutenberg (1397-1468) revolucionó la imprenta, utilizando tipos metálicos con letras, para armar con ellos las páginas en el orden requerido. Estos tipos móviles, se inventaron previamente en China, pero como su alfabeto tiene miles de caracteres, no les resultaba práctico. En cambio, con el alfabeto occidental de sólo 26 letras, este método de impresión facilitó el procedimiento.

Gutenberg adaptó una prensa de uvas para imprimir pliegos de papel contra las letras untadas de tinta. En 1454 se imprimió una Biblia, primer libro impreso con esta prensa. A finales de siglo, había miles de imprentas funcionando, y por primera vez los libros fueron económicos y disponibles. Esto ayudó a difundir las ideas y los descubrimientos del Renacimiento por toda Europa.

1492 a 1590

Nuevos horizontes

Los europeos de la Edad Media conocían poco del resto del mundo. Todo lo que sabían provenía de relatos de los mercaderes, y muchos pensaban que la Tierra era plana. Esta idea cambió radicalmente en el siglo XV. Los exploradores portugueses buscaban una ruta marítima hacia las Indias, donde cultivaban especias para condimento y conservación de los alimentos. Algunos arribaron a las Indias navegando por el oriente, pero otros sostenían que era más fácil y seguro viajar hacia el occidente, ya que para entonces se sabía que la Tierra era redonda. Cristóbal Colón viajó hacia el occidente y encontró tierra firme, a la que llamó América. En el curso de un siglo, España y Portugal conquistaron estas tierras y gracias a ello se convirtieron en los países más ricos de toda Europa.

Sucesos

1492 Cristóbal Colón tocó tierra firme, después de navegar hacia el occidente por el Atlántico. Creyó que había llegado a las Indias, pero de hecho, fueron los primeros europeos en vislumbrar América (ver págs. 14-15).

1522 Uno de los barcos de la flota de Fernando de Magallanes regresó a Sevilla, España. Fue la primera embarcación en navegar alrededor del mundo. Magallanes murió en combate en las islas Filipinas.

1534 El Papa negó el divorcio a Enrique VIII de Inglaterra de su esposa Catalina de Aragón. Por esto, Enrique se separó de la Iglesia Católica en Roma y se declaró jefe de la Iglesia de Inglaterra.

¡Qué buena idea!
Leonardo da Vinci
inventó casi todo

Aparte de pintor e inventor, Leonardo da Vinci estudió e investigó otros temas: astronomía, escultura, geología, matemáticas, botánica, comportamiento animal, ingeniería y música.

1543 El astrónomo Nicolás Copérnico insinuó que el Sol era el centro del universo y no la Tierra.

1552 Iván el Terrible de Rusia acabó con el Imperio Mongol.

Inventos

Leonardo da Vinci

¿Ya vamos a llegar?

1575 (aprox.) Los carruajes eran vehículos incómodos y de andar lento, halados por varios caballos. Comenzaron a usarse por primera vez en el siglo XV y se popularizaron a finales del siglo XVI.

1589 (aprox.) El pastor inglés William Lee inventó la primera máquina tejedora, para hacer telas con materiales tan distintos como el hilo o la seda, diez veces más veloz que el tejido a mano.

1589 John Harrington, ahijado de la reina Isabel I de Inglaterra, inventó el retrete con depósito de agua incorporado. Lo instaló en su casa, pero su uso sólo se difundió 300 años después.

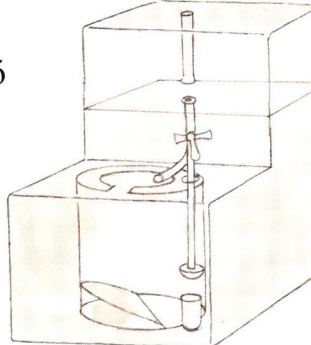

cisterna

1590 Se presume que el holandés Hans Janssen, fabricante de anteojos, hizo el primer microscopio compuesto, es decir, con dos lentes. No obstante, la tecnología era todavía incipiente y sólo podían verse imágenes borrosas a través de él.

Si alguien representa el espíritu del Renacimiento, ese es Leonardo da Vinci (1452-1519). Este artista italiano, científico e inventor, no sólo pintó la Mona Lisa, una de las obras de arte más famosas del mundo, sino que además estudió matemáticas, ingeniería y el funcionamiento del cuerpo humano.

Leonardo realizó miles de bocetos de sus ideas, entre los cuales se cuentan una gran variedad de inventos como el submarino, el tanque blindado, la máscara de buceo y la máquina de vapor.

Estaba fascinado con la idea de volar y dedicó mucho de su tiempo al estudio del vuelo de las aves. Gracias a ello, logró desarrollar varias máquinas voladoras, como el ornitóptero, que tenía alas y aleteaba como los pájaros. También inventó el planeador y una especie de helicóptero primigenio.

Muchos inventos de Leonardo, tanto como sus máquinas voladoras, se anticiparon en siglos a su época. Sin embargo, se quedaron en el papel, pues la precaria tecnología de entonces no le permitió construirlos.

Planetas y partículas

En esta época, nadie entendía cómo funcionaba el cuerpo humano. La mayor parte del conocimiento provenía de la herencia griega y romana que, no obstante, era bastante inexacta. Hacia el siglo XVII el centro de estudio de la ciencia se desplazó de Italia al norte de Europa. El conocimiento tradicional se puso en tela de juicio por mentes como la del médico inglés William Harvey (1578-1657), quien estudió y describió la circulación sanguínea humana. Harvey, al igual que muchos investigadores de su época, dio prioridad al resultado de sus observaciones, más que al conocimiento previamente aprendido.

Este cambio de actitud propició grandes avances en el conocimiento científico, que también se apoyó en los nuevos inventos e instrumentos. Por ejemplo, el microscopio y el telescopio abrieron nuevos horizontes, pues revelaron la existencia de microbios diminutos y de planetas gigantes.

Sucesos

1572 El último gobernante inca fue ejecutado por los españoles, acusado de promover el paganismo.

1588 Una pequeña flota inglesa derrotó a la Armada Invencible española. Estos perdieron 65 embarcaciones mientras los ingleses ninguna.

1600 Indios americanos de las grandes llanuras robaron caballos a los colonos españoles, aprendiendo a criarlos y manejarlos con gran pericia.

1609 William Shakespeare publicó sus sonetos.

1619 Un mercader holandés llevó los primeros esclavos africanos a Norteamérica. En 1808, cuando se aprobó la ley contra la esclavitud, había 12.000 esclavos en América.

1648 La Guerra Civil de Inglaterra terminó, cuando el ejército de Oliver Cromwell venció a los seguidores del rey Carlos I de Inglaterra, quien sería decapitado en 1649.

1660 Se restaura la monarquía en Inglaterra al comenzar el reinado de Carlos II. Oliver Cromwell había muerto dos años antes pero su hijo Richard era demasiado débil para sucederlo en el poder.

¡Qué buena idea! El Telescopio

¡La Vía Láctea es un conjunto de muchos planetas, agrupados en diferentes sectores!

Inventos

1610 Los franceses inventaron el flintlock, un nuevo mecanismo para disparar armas de fuego. Al tirar del gatillo, un trozo de pedernal golpeaba una lámina de acero, generando chispas que hacían explotar la pólvora en el cañón. Luego, se disparaba el proyectil hacia el blanco.

1637 El primer paraguas impermeable fue hecho para el rey Luis XIII de Francia, aunque en realidad, los chinos inventaron las primeras sombrillas que llegaron a Europa hacia el siglo XII.

¡A los ingleses les encantagá este pagaguas!

1644 El científico italiano Evangelista Torricelli construyó el primer barómetro, dispositivo que medía la presión del aire, por medio del ascenso o descenso del nivel de mercurio en un recipiente de vidrio.

mercurio

1650 El científico alemán Otto von Guericke inventó la máquina neumática (ver derecha). Esta demostraba que la presión del aire tiene una fuerza poderosa.

1656 El matemático holandés Christian Huygens fabricó el primer reloj de péndulo. Aunque se atrasaba o adelantaba cinco minutos al día, superaba a los anteriores que se atrasaban o adelantaban hasta una hora al día.

1661 El Banco de Estocolmo emitió los primeros billetes.

Inventores

Gerardus Mercator (1512-1594)
En 1569, este cartógrafo flamenco inventó la forma de mostrar la redondez de la Tierra en un papel plano. Conocida como la Proyección de Mercator, ha permitido desde entonces, que los navegantes tracen con exactitud su ruta.

Galileo Galilei (1564-1642)
Nacido en Pisa, Italia, fabricó en 1609 un telescopio, observando por primera vez las lunas de Júpiter. Sus descubrimientos permitieron afirmar que el Sol es el centro del universo y no la Tierra. En 1632 la Iglesia Católica puso en tela de juicio las ideas de Galileo, lo arrestaron y prohibieron sus libros.

Blaise Pascal (1623-1662)
Matemático, físico y filósofo francés, inventó una máquina calculadora digital, la jeringa y la prensa hidráulica.

Christiaan Huygens (1629-1695)
Diseñó una técnica para pulir lentes, usándola en la creación de nuevos telescopios con los que descubrió los anillos de Saturno. En 1656 Huygens también inventó el reloj de péndulo para registrar la hora exacta de los avistamientos.

Maquinaria pesada

Para el funcionamiento de las máquinas, hasta el siglo XVIII, el hombre contaba con su fuerza, la del viento, la del agua, o la de caballos y bueyes. Los avances en ingeniería permitieron la creación de máquinas que requerían generadores de fuerza más potentes. Hacia el año 100 a. C, Herón, inventor griego diseñó una máquina de vapor giratoria pero no tuvo éxito y solo se recuerda como un dato curioso. La primera máquina de vapor efectiva la inventó Thomas Newcomen, un herrero inglés, en 1712. Su motor convertía la energía del carbón en una fuerza que empujaba una bomba hacia arriba y hacia abajo. Así, en caso de inundación de una mina profunda, podía bombearse el agua afuera. La fuerza del vapor hizo posible la Revolución Industrial que cambió el mundo.

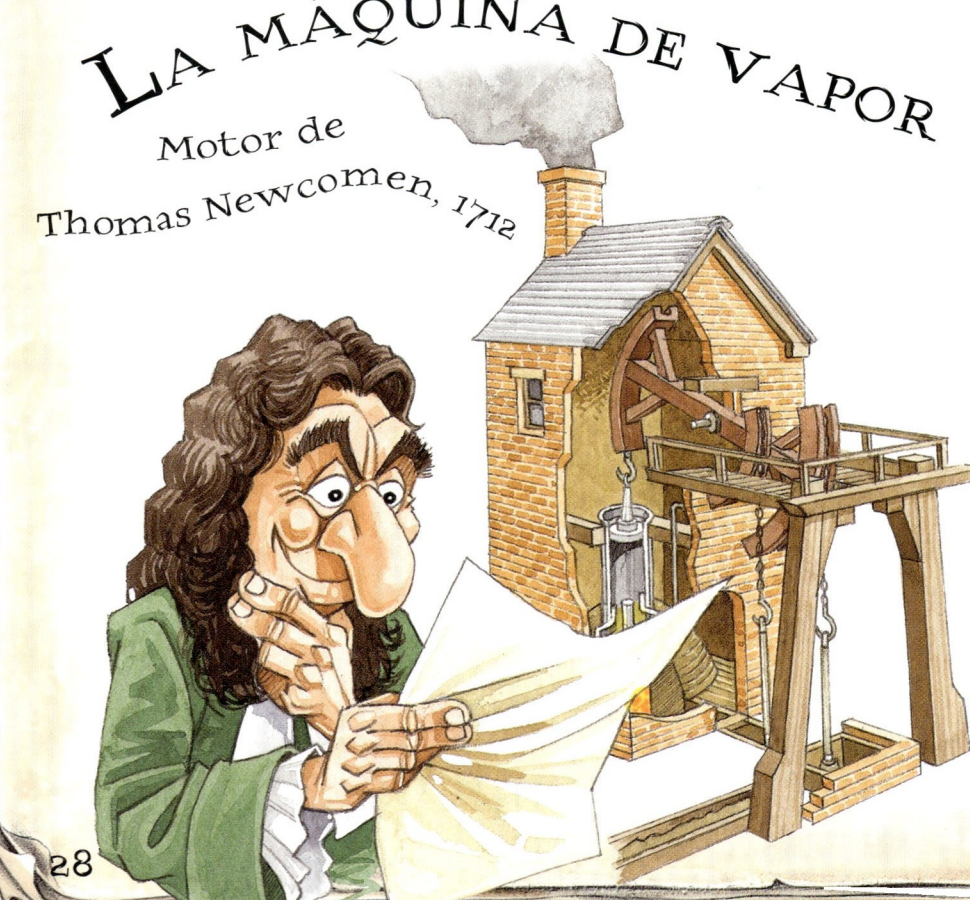

¡Qué buena idea! La máquina de vapor. Motor de Thomas Newcomen, 1712

Sucesos

1665 Una flota inglesa venció a los holandeses quitándoles la ciudad que luego llamarían Nueva York, en la isla de Manhattan.

1680 Marineros que viajaban ocasionalmente a la isla Mauricio extinguieron al dodo, ave no voladora. Ésta desapareció sólo 80 años después de su descubrimiento.

1705 El inglés Edmund Halley descubrió que un cometa pasa cerca de la Tierra cada 76 años exactamente. Predijo, por lo tanto, su nueva aparición en 1758, y en efecto así sucedió, aunque Halley no vivió para verlo. De ahí el nombre del cometa Halley.

1737 El botánico sueco Carl Linnaeus clasificó por primera vez los seres vivos, con un sistema binomial (de dos nombres) que sobrevivió hasta nuestros días, y consiste en asignarle a cada planta o animal el nombre de su especie y el de su género.

1748 Excavaciones parciales de la ciudad romana de Pompeya, desaparecida en el año 79 a. C. por la erupción del volcán Vesubio.

1752 Gran Bretaña adoptó el calendario gregoriano, vigente en el resto de Europa.

Inventos

1670 El monje francés Dom Perignon inventó el champaña. Tapó firmemente unas botellas de vino mientras estaban todavía fermentándose, lo que produjo efervescencia. "Su sabor es como de estrellas", afirmó Perignon.

1675 Christian Huygens mejoró el mecanismo de sus relojes añadiendo un resorte a la rueda de balance para que oscilara de un lado a otro.

1679 El científico francés Denis Papin inventó la olla de presión, hecha de hierro con una tapa hermética, para que los líquidos hiervan a una temperatura superior a la normal.

1701 El granjero inglés Jethro Tull inventó una sembradora que depositaba las semillas en línea recta para desyerbar con más facilidad.

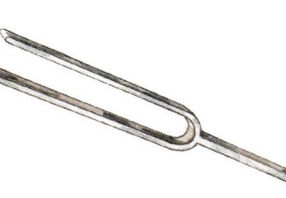

1711 En Londres, el fabricante de instrumentos musicales John Shore, inventó el diapasón, que produce una nota musical de determinado tono.

1718 El abogado londinense James Puckle hizo la demostración de la primera ametralladora. Disparaba 63 balas en 7 minutos.

1752 El científico y estadista estadounidense Benjamín Franklin inventó el pararrayos.

Inventores

Antoine van Leeuwenhoek (1632-1723)

A pesar de su escasa educación, este holandés revolucionó la biología con la invención de su poderoso microscopio, que mostraba amplificado 200 veces el tamaño de las cosas. Gracias a él, pudieron observarse por primera vez protozoos y bacterias, y empezaron a descubrirse las causas de las enfermedades.

Isaac Newton (1642-1727)

Este inglés ha sido considerado uno de los grandes científicos de todos los tiempos. Fue el primero en darse cuenta de la existencia de una fuerza de atracción entre los objetos: la gravedad. También descubrió que la luz blanca podía descomponerse en un espectro de colores, y sugirió que la luz estaba hecha de pequeñísimas partículas. En 1666, creó una nueva rama de las matemáticas: el cálculo.

Thomas Newcomen (1663-1728)

En 1712 inventó el primer motor de vapor práctico: una máquina que creaba un vacío con el vapor, de modo que la presión de la atmósfera podía impulsar un pistón, que a su vez movía un eje. Así, se podía drenar el agua de las minas profundas. A pesar de su gran utilidad, Newcomen nunca patentó este invento y recibió muy poco dinero por él.

1755 a 1792
El poder del vapor

Hacia el año 1730, las máquinas ideadas por Thomas Newcomen se usaban en toda Europa. No obstante, no estaban muy desarrolladas y servían únicamente para drenar minas inundadas. Entre 1760-70, el matemático James Watt descubrió que el problema del motor de Newcomen radicaba en que al introducir agua fría en el cilindro para condensar el vapor, el cilindro se enfriaba, de modo que el calor potencial del vapor se perdía. En consecuencia, este motor necesitaba demasiado combustible para funcionar. La solución que ideó fue diseñar, en 1782, el mismo motor pero con el condensador aparte.

¡Qué buena idea! Motores eficientes

La máquina de Watt condensaba el vapor en un cilindro separado: el condensador, que ubicó cerca del cilindro mecánico. Para que el vapor conservara el mismo calor con el que entraba en este cilindro mecánico, Watt le puso una gruesa cubierta de metal.

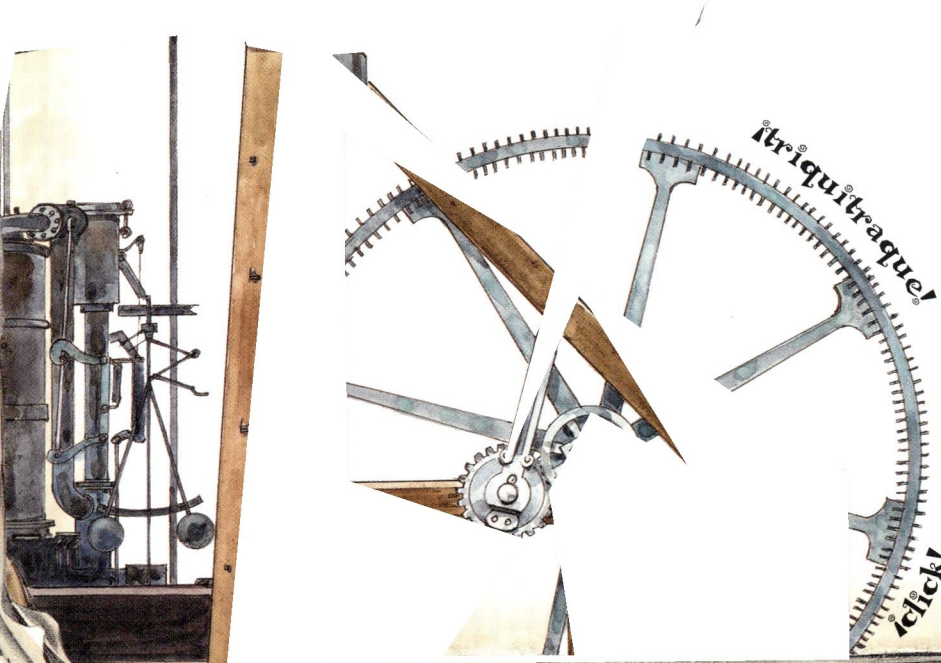

Sucesos

1755 Un terremoto semi-destruyó la ciudad de Lisboa, Portugal. Murieron más de 10.000 personas por el derrumbamiento de edificios, inundaciones e incendios.

1777 El estado de Vermont, en Estados Unidos, fue el primero en abolir la esclavitud.

1779 El capitán y explorador británico James Cook murió en la isla de Hawai, océano Pacífico, en revueltas locales. Había explorado gran parte de Autralasia y había tocado tierras antárticas.

1782 William Herschel, un astrónomo alemán aficionado, avistó Urano, primer planeta descubierto desde la antigüedad.

1783 Gran Bretaña reconoce la independencia de sus colonias en Estados Unidos.

1789 George Washington, se convirtió en el primer presidente de los Estados Unidos de América.

1791 El afroamericano Benjamín Banneker inventó el almanaque astronómico.

1789-1792 Después de la muerte de Luis XVI y María Antonieta, se desató la Revolución Francesa, instaurándose la república.

Inventos

1757 El inglés John Campbell inventó el sextante, un instrumento que permitía a los marineros encontrar su posición exacta en altamar.

1761 El conde de Sandwich inventó el sándwich, para poder comer mientras jugaba su partida de cartas.

1764 El inglés James Hargreaves inventó la tejedora Jenny, que permitía a una sola persona hilar ocho hilos a la vez, incrementando la productividad. Esta nueva máquina remplazó a la tradicional rueca.

1770 Alexis Duchateau, farmacéutico francés, elaboró dentaduras postizas, en pasta mineral. Las prótesis anteriores, hechas a partir de hueso de hipopótamo, se oscurecían y tomaban un olor espantoso.

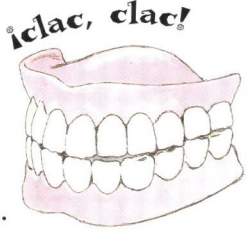
¡clac, clac!

¡Ay!

En 1783, el globo de los hermanos Montgolfier efectuó su primer viaje, convirtiéndose en la primera aeronave de pasajeros.

1788 El estadounidense John Greenwood inventó una fresa odontológica con la estructura de la rueca. Esta fresa resultó mucho más efectiva que la primera elaborada por el cirujano romano Arquígenes en el siglo I a. C., la cual giraba con una cuerda.

Inventores

Benjamin Franklin (1706-1790)
A pesar de su escasa educación formal, Franklin ayudó a redactar la Declaración de Independencia que condujo a la creación de los Estados Unidos de América. Por otra parte, por medio de una cometa al viento durante una tormenta, demostró que los rayos son descargas eléctricas, poniendo en riesgo incluso su propia vida. A partir de este experimento desarrolló el primer pararrayos.

Los hermanos Joseph y Michael Montgolfier (1740-1810) junto con **Jacques-Etienne** (1745-1799) de origen francés, hicieron la primera aeronave práctica, con grandes globos. Embarcaron a sus primeros pasajeros, un gallo, un pato y una oveja, en septiembre de 1783, y dos meses después efectuaron su primer viaje en globo con personas.

James Watt (1728-1819)
De origen escocés, este ingeniero perfeccionó la máquina de vapor de Newcomen, al punto que podía impulsar una rueda. Desde entonces, el vapor sería el motor para poner en movimiento toda una serie de máquinas y literalmente, el poder detrás de las nuevas fábricas de la Revolución Industrial.

1799 a 1824

La revolución eléctrica

Si te peinas varias veces con un peine de plástico, verás que salen chispitas causadas por la energía electrostática. Obtienes el mismo efecto al frotar un pedazo de tela contra un vaso de vidrio; de hecho, así funcionaban los primeros generadores. Sin embargo, una mejor manera de producir corriente eléctrica era la batería, dispositivo inventado por el científico italiano Alessandro Volta en 1800. A partir de la batería, el científico inglés Michael Faraday inventó el generador eléctrico y el transformador.

¡Qué buena idea!
La ELECTRICIDAD

El generador de Michael Faraday de 1832 produjo pequeñas descargas de corriente eléctrica al acercar una aguja de cobre a un imán. Pocos meses después, el francés Hipppolyte Pixii construyó el primer generador eléctrico que funcionaba correctamente. A partir de este momento nació la industria eléctrica.

Creo que aquí hay algo...

zzzzzz

Sucesos

1799-1815 Las guerras napoleónicas hicieron estragos en Europa, y más allá de sus fronteras.

1801 El astrónomo italiano Piazzi descubrió el primer asteroide: Ceres

1804 Primera interpretación pública de " La Heroica", la tercera sinfonía de Beethoven.

1811 Mary Anning, niña inglesa de 12 años, descubrió el fósil de un ictiosaurio.

1815 El volcán Tambora en Indonesia hizo erupción y cobró miles de víctimas; su ceniza bajó la temperatura en toda la Tierra.

1818 Mary Shelley escribió **Frankenstein,** personaje que cobró vida gracias a la electricidad.

Descarga... horror

Inventos

1800 El científico italiano Alessandro Volta inventó la batería. La palabra "voltaje" viene de su apellido.

1807 Robert Fulton construyó el Clermont, el primer buque de ruedas que navegó durante varios años el río Hudson, entre New York y Albany, en Estados Unidos.

1815 Humphry Davy, científico inglés, inventó una lámpara cuya llama estaba protegida por una malla de metal, para evitar que hiciera combustión con los gases explosivos, previniendo accidentes en las minas.

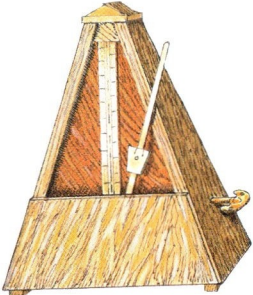

1816 Johann Maelzel inventó el metrónomo, dispositivo que marca el ritmo exacto que los músicos deben seguir en la ejecución de una obra.

1818 Siguiendo los adelantos en preservación de alimentos del francés Nicolas Appert, una compañía inglesa comenzó a enlatarlos para el ejército Real. En 1855 se inventó el abrelatas.

1823 El escocés Charles Macintosh fabricó tela impermeable para la confección de gabardinas. Sin embargo, ¡la tela apestaba!

1824 Ciego desde los tres años, el francés Louis Braille inventó un alfabeto para ciegos, compuesto por puntos en alto relieve.

Inventores

Nicolas-Francois Appert (1752-1841)
Este confitero francés inventó los empaques herméticos para preservar alimentos. Duró 14 años perfeccionando su técnica de sellado de frascos de vidrio, para que las frutas, verduras, sopas, lácteos y mermeladas se conservaran sin descomponerse.

Louis Braille (1809-1852)
Braille quedó ciego a los tres años de edad por un terrible accidente con un cuchillo del taller de cueros de su padre; la herida se infectó y perdió la vista de ambos ojos. Siete años después obtuvo la beca del Instituto Nacional de Jóvenes Ciegos en París. Inventó un alfabeto de puntos en alto relieve que se adoptó en 1932, como el lenguaje escrito para ciegos, ochenta años después de su muerte. Este lenguaje se mantiene vigente.

Alessandro Volta (1745-1827)
Este físico italiano descubrió que el contacto entre dos metales distintos produce electricidad. En esto se basó para inventar la batería. La llamó pila de voltaje y consistía en pares de discos de plata y cinc entre papel o tela bañados en aguasal. Esta batería de Volta generaba electricidad a causa de la reacción química.

Trenes y Ferrocarriles

Desde el siglo XIV, las minas en Europa estaban provistas de vías para pequeños vagones de tiro; por lo que sabemos, que los ferrocarriles existieron mucho antes que las locomotoras. En 1803, el ingeniero inglés Richard Trevithick construyó la primera locomotora, para una empresa minera de carbón (Coalbrookdale Ironworks, en Shropshire, Inglaterra). Luego, en 1812, el inspector minero John Blenkinsop diseñó las primeras locomotoras que trabajarían regularmente. Su vagón se engranaba a ruedas dentadas. En 1814 George Stevenson, un ingeniero de minas, construyó su primera locomotora.

¡Qué buena idea!
Ferrocarriles

Los hombres de negocios pronto descubrieron, que un servicio de transporte veloz produciría más ganancias. En 1829, la compañía de trenes Liverpool and Manchester, introdujo una máquina mejor: el Rocket, con un nuevo diseño de caldera, donde 25 tubos calientes convertían el agua en vapor. Esto permitió al Rocket, halar un tren de 14 toneladas a 47 km/hora, es decir, dos veces más rápido que las locomotoras de la competencia.

Sucesos

1819 Se prohibió en Inglaterra el trabajo a menores de 12 años por más de 12 horas al día.

1819 Nacimiento de Victoria, la futura reina de Inglaterra, que moriría en 1901.

1819 Nacimiento de Alberto, el futuro príncipe consorte de la reina Victoria. Alberto moriría en 1861.

1819 Estados Unidos compra a España la colonia de La Florida.

1821 Cifras (en millones de personas): Francia, 30.4; Alemania, 26.0; Gran Bretaña, 20.8; Italia, 18,0; Austria, 12.0; Estados Unidos, 9.6.

1825 Aparecen los primeros buses de tiro en Londres.

1829 El Parlamento inglés estableció la primera fuerza de policía pública en Londres.

El Rocket de *Stevenson*

Inventos

1829 El sastre francés Barthélemy fabricó la primera máquina de coser y creó una fábrica con 80 de ellas, para confeccionar uniformes militares.

1830 Edwin Budding, un operador textil inglés, inventó la primera podadora cuyo diseño se inspiró en una máquina de cortar tela. El cilindro de la podadora actual se parece a la de entonces.

1831 El estadounidense Cyrus McCormick inventó una eficiente cosechadora de grano, como una versión mejorada de la cosechadora de tiro inventada en 1826 por el pastor escocés Patrick Bell.

1836 El fabricante de armas estadounidense Samuel Colt produjo en serie una versión simplificada del revólver Elisha Collier y Artemis Wheeler, inventado en 1818.

1840 En mayo de este año, el correo británico introdujo la primera estampilla, la Penny Black, creada por David Charles Dundee. En ella aparecía el rostro de la reina Victoria.

Penny Black

Inventores

Joseph Nicéphore Niepce (1765-1833)

Este francés utilizó la primera cámara oscura, con un objetivo del mínimo diámetro posible (como una cabeza de alfiler), para tomar una fotografía. En la parte posterior de la cámara había una placa metálica cubierta con betún. Luego de ocho horas, el betún se endurecía donde la luz era más fuerte y al lavarse el que estaba suave, quedaba impresa la imagen.

Charles Babbage (1752-1841)

Este matemático inglés fabricaba organillos, que funcionaban empujando el aire a través de agujeros hechos en tarjetas, y lo llevaba dentro de cada tubo en el momento exacto que debía sonar la nota musical. Con base en este método, creó una máquina que hacía cálculos matemáticos en vez de emitir notas musicales. Esta sería el primer computador digital.

Lady Augusta Ada Byron Lovelace (1815-1851)

Hija del poeta inglés Lord Byron, Ada fue la primera programadora de computadores. En 1834, conoció a Sir Charles Babbage y, siendo una brillante matemática, escribió el código de funcionamiento de la calculadora de Babbage.

1833 a 1859

FÁBRICAS Y HERRAMIENTAS

A mediados del siglo XIX, Gran Bretaña se convirtió en el "taller del mundo". Nuevos implementos y herramientas facilitaron la creación de todo tipo de maquinaria. Su excelente industria siderúrgica permitió que muchos inventos ingleses se exportaran a toda Europa. La revolución del transporte (ferrocarriles, locomotoras y barcos de vapor) y la ingeniería civil hicieron ver el mundo más pequeño. Se fabricaron tuercas, varillas y cilindros de los más variados tamaños y usos, de excelente calidad para la época. Las máquinas empezaron a reemplazar incluso a los más hábiles artesanos, y por primera vez se hicieron productos en serie.

Sucesos

1833 Gran Bretaña tomó posesión de las islas Falkland, en la costa Argentina.

1836 El ejército mexicano masacró estadounidenses rebeldes en la estación de misión del Álamo. Texas se separó de México.

1843 El estadounidense Samuel Morse inventó el nuevo código de telégrafo.

1845 Gran hambruna en Irlanda.

1848 Los alemanes Carlos Marx y Federico Engels publicaron el **Manifiesto Comunista.**

¡Qué buena idea! EXPLOSIVOS

¡BUM!

Cuando se mezclan glicerina y ácido nítrico se forma la nitroglicerina, un líquido amarillo muy volátil pero de altísimo poder explosivo. Alfred Nobel combinó la nitroglicerina con un material absorbente para hacer un explosivo poderoso, sólido, y más seguro de manipular. En 1867, Nobel patentó este invento bajo el nombre de dinamita.

1853 El inglés George Cayley construyó el primer planeador para volar con un solo piloto a 450 m de altura.

1859 El inglés Charles Darwin publicó su teoría de la evolución.

1859 El descubrimiento del petróleo en Estados Unidos inició la nueva industria petrolera.

Inventos

1837 Se usó por primera vez el telégrafo eléctrico inventado por William Cooke y Charles Wheatstone. Los mensajes se enviaban en código por medio de agujetas transmisoras.

El primer telégrafo eléctrico

Daguerrotipo

1839 Louis Daguerre inventó el daguerrotipo, un antecesor de la cámara fotográfica. Pesaba unos 50 kg y funcionaba con vapores tóxicos de mercurio, en el proceso de revelado.

1840-50 El afroamericano Benjamín Bradley inventó una máquina de vapor para barcos de guerra. En su condición de esclavo, no tenía derecho a patentar su invento, y por eso lo vendió por el dinero que le serviría para comprar su libertad.

1846 El afroamericano Norbert Rillieux patentó su máquina refinadora de azúcar, todavía vigente.

1849 Claude Minié inventó el balín Minie (ver derecha), una especie de bala con surcos. Cuando se disparaba el arma, la bala se expandía para limpiar el interior del cañón. Los ejércitos europeo y estadounidense adoptaron este tipo de proyectil.

1851 Isaac Singer patentó su máquina de coser. Funcionaba con un pedal mecánico y una rueda dentada que desplazaba la tela por el punto de cosido, con una pata de presión, para impedir que la tela se cayera.

Inventores

Alfred Nobel (1833-1896)
Este químico sueco aprendió a manipular con seguridad la nitroglicerina, sustancia altamente explosiva, garantizando, que sólo explotaría por efecto de un detonador. La llamó dinamita y fue el primer explosivo de uso seguro. Nobel se enriqueció y destinó dos millones de libras esterlinas para instaurar los premios Nobel, que cada año reconocen el trabajo de personajes en la física, la química, la literatura la medicina, y la búsqueda de la paz.

Henry Bessemer (1813-1898)
Este ingeniero inglés inició su fortuna vendiendo "oro en polvo", en realidad compuesto de latón y pintura. Aunque tuvo enorme éxito con dispositivos para la fabricación de vidrio, telas y métodos para refinar el azúcar, es mejor conocido como el inventor del proceso Bessemer, el primer procedimiento para producir acero en serie y de bajo costo. (ver pág. 39).

1852 a 1879
LUZ EN LAS CIUDADES

Muchas de las comodidades que hoy día conocemos, se inventaron en el siglo XIX. Sin ellas, ciudades y pueblos no habrían avanzado a tal velocidad. Uno de los desarrollos más importantes fue el suministro de agua potable, transportada por tuberías. También se construyeron sistemas de alcantarillado y mejoraron la distribución de electricidad y de gas. Las ferrovías crecían aceleradamente, y con ellas, el transporte de personas y bienes se hizo más eficiente y económico.

En 1854 se descubrió que el agua contaminada era la causa de los brotes de cólera en ciudades y pueblos de Europa. Desde entonces, los gobiernos empezaron a construir sistemas de acueducto y alcantarillado. El principal sistema de alcantarillado de Londres contaba con una red de cinco caños de desagüe que abarcaba toda la ciudad, unidos por cuatro grandes estaciones de bombeo.

¡Qué buena idea!
VIDA URBANA

A finales de la década de 1880, entraron en funcionamiento los tranvías eléctricos en Estados Unidos, Gran Bretaña y Alemania.

Poco a poco se incrementó el uso de comodidades de la vida moderna en las urbes, como el gas, la luz eléctrica, agua corriente fría o caliente e inodoros con cisterna.

Inventos

1852 El francés Henri Giffard realizó el primer viaje en su nave aerodinámica, inflada con hidrógeno. Un motor de vapor hacía girar la hélice que la impulsaba y recorrió en ella los 27 km que separan a París de Trappes.

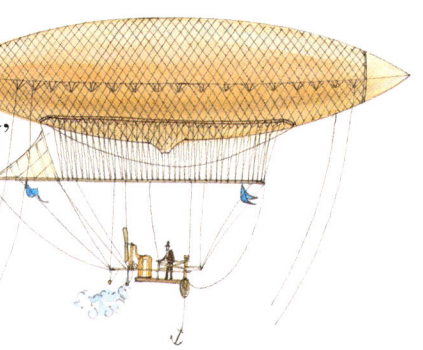

1856 Henry Bessemer introdujo un nuevo método de producción de acero utilizando un horno especial llamado convertidor.

1857 Joseph Gayetty inventó el primer papel higiénico, hecho de finos pliegos de papel.

1866 Se tendió el primer cable submarino entre Gran Bretaña y Estados Unidos.

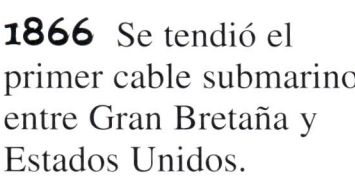

Sucesos

chirrido *traqueteo*

1861 El francés Ernest Michaux inventó el "sacude huesos", una bicicleta con pedales en la rueda delantera.

1863 Se construyó el primer ferrocarril subterráneo en Londres.

1864 Se fundó la Sociedad de la Cruz Roja en Ginebra, para atender a los heridos de guerra.

1865 El científico francés Louis Pasteur publicó su teoría microbiana de la enfermedad.

1868 Envían presos ingleses a trabajar en prisiones en Australia.

1870 Roma se convierte en la capital de la Italia recién unificada.

1876 Guerreros sioux y cheyenes derrotaron al ejército estadounidense en la batalla de Little Big Horn.

1879 Gran Bretaña y Francia tomaron control de Egipto.

1876 a 1891

Nuevas Comunicaciones

Hacia finales del siglo XIX, la electricidad había revolucionado las comunicaciones. En 1800 se transportaba el correo con carteros a caballo, en vehículos de tiro o en barco. En 1900, el telégrafo eléctrico enviaba mensajes intercontinentales en pocas horas y el teléfono ya era común en Europa y Estados Unidos. También empezaba la radiodifusión, aunque llegó al estado en que la conocemos hoy por los descubrimientos que realizó el científico italiano Guglielmo Marconi en el siglo XIX.

Sucesos

1880 Empezó la primera guerra bóer entre británicos y sudafricanos.

1881 El Zar Alejandro II de Rusia, fue asesinado.

1884 Se permitió el voto en Inglaterra a todos los hombres mayores de 21 años.

1886 Luego de varios años de descontento irlandés, el gobierno británico introdujo un proyecto para defender la autonomía de Irlanda, llamado Home Rule. Sin embargo, fue rechazado por la Cámara de los Comunes.

1887 Francia instauró la Unión Indochina, que comprende Camboya, Laos y Vietnam.

1889 Se construyó la torre Eiffel en París.

1890 Vencen a los sioux, en la batalla de Wonded Knee. Último brote de sublevación indígena en Estados Unidos.

1890-1900 Se popularizó el Art Nouveau en Europa.

1892 Rusia comenzó un periodo de modernización y desarrollo industrial y, en el siguiente año, estableció alianza con Francia.

¡Qué buena idea!

El Bombillo

En 1878, el estadounidense Thomas Edison (a la derecha) y el inglés Joseph Swan hicieron los primeros bombillos. Los exhibieron en la Gran Exposición de Electricidad en París, en 1881, donde se dieron a conocer a gran cantidad de público. Pronto se generalizó su uso en iluminación eléctrica.

Thomas Edison

Inventos

1876 Alexander Graham Bell inventó el teléfono, compuesto por un transmisor que enviaba el sonido, y un receptor que lo recibía. Ambos conectados por un cable con una lengüeta metálica en los extremos cerca de un imán eléctrico. La lengüeta vibraba cuando la persona hablaba cerca del transmisor, de modo que éste mandaba una corriente eléctrica al receptor y lo hacía a su vez vibrar, reproduciendo las palabras en el transmisor.

transmisor

receptor

1880-90 El uso del teléfono se generalizó, gracias a las redes de cables que tendieron sobre los pueblos. Se crearon centrales telefónicas operadas por personas y en 1889 se tuvo la primera central telefónica automática. Ese mismo año apareció el primer teléfono público de monedas.

1885 El ingeniero alemán Kart Benz construyó el primer carro impulsado por un motor de gasolina de un cilindro.

motor

1891 Edison inventó el kinetoscopio, que mostraba películas de 15 segundos y funcionaba con monedas. Un mecanismo giraba la bovina de la película mientras los espectadores observaban a través de una mirilla ubicada arriba.

mecanismo real   *mirilla*

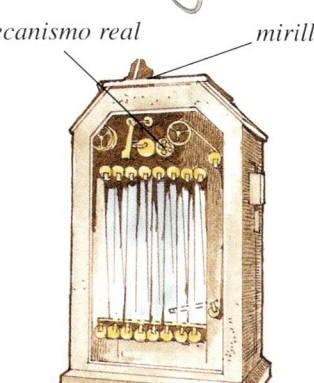

1891 El ingeniero alemán Otto Lilienthal experimentó con planeadores (monoplanos y biplanos). Murió en un accidente aéreo en 1896, sin haber inventado la máquina voladora con motor.

Inventores

Thomas Edison (1847-1931)

Sus inventos tuvieron gran repercusión en la vida del siglo XX. El primero de ellos fue un repetidor telegráfico. Aunque su invento más famoso fue el bombillo, Edison también creó el kinetoscopio, precursor del cinematógrafo.

Guglielmo Marconi (1874-1937)

Físico e ingeniero eléctrico italiano, inventó la radio y la comunicación sin cables, transmitiendo mensajes por medio de ondas electromagnéticas. En 1895 logró la primera conexión de radio, y en 1901 envió la primera señal de radio transatlántica.

Lewis Latimer (1848-1929)

El afroamericano Latimer diseñó una iluminación eléctrica más económica, que instaló en Nueva York, Filadelfia y Londres. Su libro *Energía eléctrica incandescente* se convirtió en un texto de consulta obligado para todo ingeniero eléctrico. También completó los detalles del diseño del teléfono de Graham Bell.

1893 a 1901

Aprender a volar

Las primeras máquinas que lograron elevarse y volar fueron los globos inflados con aire caliente, como el de los hermanos Montgolfier (ver pág. 31). Sin embargo, con el cambio de siglo (del XIX al XX), el vuelo motorizado despegó literalmente, y continuaría su desarrollo a una velocidad vertiginosa, con aviones supersónicos para pasajeros, viajes con tripulación a la Luna, y sin tripulación a otros planetas como Marte. No obstante, el desarrollo del motor de gasolina en este siglo tuvo repercusiones de mayores dimensiones en la vida de las personas, que los viajes a la Luna.

Sucesos

1893 Nueva Zelanda fue el primer país en el mundo donde las mujeres adquirieron el derecho al voto.

1895 El psiquiatra austríaco Sigmund Freud publicó su primera obra sobre el psicoanálisis.

1896 Los británicos intentaron apoderarse del Transvaal en Sudáfrica pero los bóers los derrotaron.

1898 Los científicos franceses Pierre y Marie Curie descubrieron el radio, elemento químico útil en el tratamiento contra el cáncer.

¡Qué buena idea!
Vuelo Motorizado

¡Lo logramos!

Inventos

1900-10 A partir del descubrimiento de Kart Landsteiner, de los diferentes tipos de sangre, se practicaron transfusiones seguras, pues en el pasado murieron mucho por procedimientos equivocados. Landsteiner clasificó los tipos de sangre en grupos de A, B, AB y O.

Ahora estarás mejor, ya que conocemos tu tipo de sangre.

1900 Se le concedió la patente a un limpiador de polvo, basado en la succión del aire a través de una boquilla. Sería el antecesor de la aspiradora.

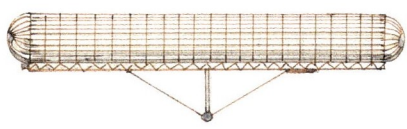

1900 El conde alemán Ferdinand von Zeppelín construyó el primer artefacto volador rígido, o zeppelin. (ver izquierda)

1900 Lanzamiento del primer submarino en Estados Unidos. Muchos intentos anteriores habían fracasado.

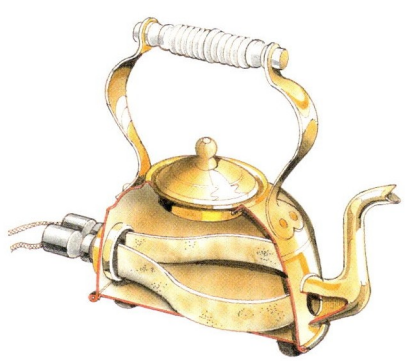

1900 Los fabricantes de la tetera anticiparon su uso masivo cuando se generalizó la electricidad.

1901 El agente viajero estadounidense King Camp Gillette inventó una afeitadora con cuchillas dobles desechables. Hacia 1906 ya se habían vendido 90.000 afeitadoras y 12.400.000 cuchillas desechables.

Inventores

LOS HERMANOS WRIGHT

Orville (izquierda) y Wilbur (derecha) se criaron en Dayton, Ohio, Estados Unidos. Siendo niños, su padre les dio un helicóptero de juguete, que despertó su interés en el vuelo. Cuando fueron adultos, dirigieron una fábrica de bicicletas, pero siempre estuvieron investigando cómo volar.

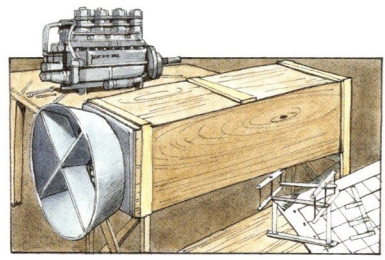

Los hermanos Wright diseñaron varios tipos de alas, que probaron en un túnel de viento. Inventaron un motor de gasolina liviano pero potente, y un sistema de propulsión por hélices. A través de la experimentación, llegaron a la conclusión de que alcanzaban mayor propulsión o empuje en la medida que el propulsor anduviera más lento que el motor.
El 17 de diciembre de 1903, Orville logró mantener su avión, Flyer, en el aire durante 12 segundos.

1900 a 1912

Producción en serie

La Primera Guerra Mundial estalló en 1914 y determinó un gran avance tecnológico. La aparición de ametralladoras, gases tóxicos y tanques de guerra hicieron que las batallas fueran completamente distintas. Los aviones se volvieron armas mortales y los submarinos, una amenaza para las embarcaciones marítimas.

Gracias a la producción en serie, Henry Ford en Estados Unidos logró un automóvil asequible para la mayoría de personas. Cada 90 segundos su cadena de montaje producía un *Model T*, vehículo que alcanzaba los 65 km/hora. En 1927, cuando dejó de producirse, ya había más de 15 millones del *Model T* en circulación.

Sucesos

1901 Muere la Reina Victoria y Eduardo VII se convierte en Rey de Gran Bretaña.

1905 El científico alemán Albert Einstein publicó su Teoría de la relatividad.

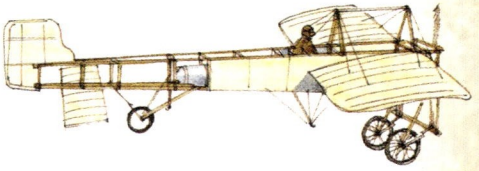

1909 El francés Louis Blériot sobrevoló el Canal de la Mancha en un monoplano pequeño, a un metro de altura sobre el nivel del mar.

1910 Después de la Revolución Mexicana llegó un período de dictaduras y revueltas sociales.

1911 El físico neozelandés Ernest Rutherford demostró que los átomos tienen núcleo.

1912 El noruego Roald Amundsen fue el primero en llegar al Polo Sur.

1912 Cae la dinastía Manchú en China. El país estuvo bastante inestable por la lucha por el poder de los jefes militares.

¡Qué buena **idea**!
PRODUCCIÓN DE CARROS EN SERIE

¡Ahora entiendo por qué dicen que mueve el esqueleto!

Inventos

1902 El presidente Roosevelt se negó a dispararle a un oso en un viaje hacia Louisiana; esto sirvió de inspiración a Morris Michtom para crear un osito de peluche al que bautizó "Teddy".

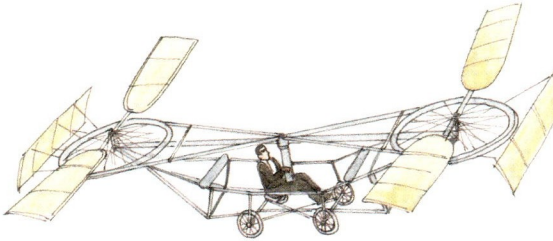

1907 El francés Paul Cornu construyó un helicóptero con doble eje de hélices. Logró hacerlo volar pero no tuvo dinero para continuar con sus experimentos. Sólo en la década de los treinta se construyó el primer helicóptero estable y apto para el uso.

1909 La compañía General Electric produjo la primera tostadora eléctrica en Nueva York. Comenzó así una etapa fructífera en la invención de electrodomésticos, como el secador de pelo (1920), la nevera (1923) y la afeitadora (1928).

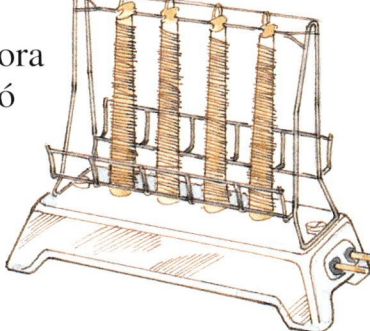

1910 Henri Fabre construyó su hidroavión. Este volaba levantando primero la cola y no tenía fuselaje (cuerpo del avión donde van los pasajeros y la mercancía). El piloto debía sentarse en dos vigas de madera y, en lugar de ruedas, tenía tres flotadores.

flotador   *viga de madera*   *cola*

Inventores

Henry Ford (1863-1947)
Pionero de la industria estadounidense, construyó su primer automóvil en 1896, e introdujo al mercado su famoso *Model T* en 1908, un vehículo fácil de ensamblar, de reparar y de conducir. Tenía dos velocidades en la caja de cambios que funcionaban con un solo pedal. Pero el verdadero secreto radicaba en la producción en serie (ver abajo), lo que le permitía venderlos a precios bajos.

George W. Carver (1865-1943)
Químico agrícola afroamericano de gran reconocimiento como inventor. Atribuyó cientos de usos al maní y la soya. Inventó adhesivos blanqueadores, encendedores de combustible, tinta, café instantáneo, linóleo, brillametal, crema de afeitar, betún y tintura para madera.

1912 a 1926

Telecomunicaciones

La radio y la televisión llevan mensajes en ondas electromagnéticas, descubiertas por el físico alemán Heinrich Hertz en 1887. En 1901, Guglielmo Marconi envió una señal de radio desde Inglaterra hasta Canadá, comprobando que las ondas de radio transmiten a grandes distancias. En 1925, el escocés John Logie Baird transmitió las primeras imágenes televisivas y convenció a la BBC (British Broadcasting Corporation) de transmitir el primer servicio mundial de televisión, que llegó a todos los televisores que había en el mundo (¡sólo un centenar!). En 1937, la BBC adoptó los sistemas de comunicación eléctricos disponibles entonces, para producir transmisiones serias, de mejor calidad y con más variedad de cámaras.

¡Qué buena idea! LA TELEVISIÓN

En 1926, John Logie Baird hizo la primera demostración de su sistema de televisión, con la transmisión de la imagen borrosa de un muñeco de ventrílocuo.

¡Sólo tengo arreglar este c... para tener una imagen perfecta!

Sucesos

1912 En su primer viaje, el *Titanic* chocó contra un iceberg y naufragó. Se ahogaron unas 1500 personas.

1914 Se abrió el Canal de Panamá, permitiendo la comunicación entre los océanos Atlántico y Pacífico.

1914 El asesinato del archiduque Franz Ferdinand en Sarajevo, desencadenó la Primera Guerra Mundial.

1916 Aparecieron los primeros tanques de guerra, capaces de atravesar las trincheras y aplastar barricadas.

1916 Murieron cerca de 624 mil aliados y 680 mil soldados alemanes en la batalla de Somme.

1917 Con la prolongación de la Primera Guerra Mundial comenzaron a usarse más tanques en batalla.

Inventos

FRITZ HABER

1914 El científico alemán Fritz Haber, quien descubrió cómo hacer amoníaco (elemento importante para la elaboración de fertilizantes artificiales), sugirió al gobierno alemán la fabricación de explosivos a base de este gas.

1920 Racine Universal Motor, compañía estadounidense, fabricó el primer secador de pelo, que funcionaba con un pequeño motor eléctrico que soplaba aire sobre un filamento caliente.

1923 Invención de la radio receptora "Threeflex" (ver derecha), con una antena que se podía rotar hasta encontrar la mejor señal.

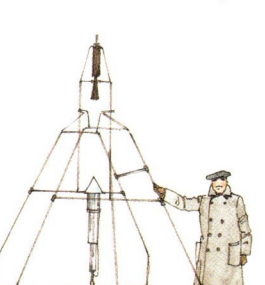

1926 Robert Goddard logró el lanzamiento exitoso de un cohete con motor de gasolina (ver izquierda). Precursor del misil alemán V-2 y de posteriores lanzamientos de otro tipo de naves y artefactos.

1925 Se usó el belinógrafo para transmitir imágenes en blanco y negro a través de la red telefónica. Sería el precursor del fax.

Televisión

La primera imagen televisiva con el equipo inventado por Baird, se veía como la ilustración de arriba.

La televisión es la forma favorita de entretenimiento en el mundo entero, con sólo presionar un botón. Gran Bretaña inició sus transmisiones públicas en blanco y negro en 1936, a través de la BBC. En ese momento, un televisor era sumamente costoso. La televisión se popularizó en toda Europa después de la Segunda Guerra Mundial, y pasó de blanco y negro a color en Estados Unidos, en la década de los cuarenta.

Abajo, vista de los tubos de rayos catódicos, el receptor de radio y los altavoces de un televisor de 1935.

tubos de rayos catódicos

receptor

altavoces

1923 a 1946

ARMAS SOFISTICADAS

La Segunda Guerra Mundial estalló en septiembre de 1939 y los inventos que surgieron como consecuencia, cambiaron la vida de todos. Aparecieron nuevas armas de destrucción masiva, incluidos el V-2, misil alemán de largo alcance, y la bomba atómica, que explotó en Japón en 1945. Estas nuevas y sofisticadas armas necesitaban, de igual manera, un complejo sistema de control. Aquí nacieron las primeras computadoras electrónicas, antecesoras de las que usamos hoy en día, y comenzó una enorme industria internacional.

¡Qué buena idea!
EL MOTOR DE REACCIÓN

Se desarrolló simultáneamente por Frank Whittle en Inglaterra y Hans von Ohain en Alemania, sin embargo sólo este último logró terminarlo y volar el primer motor de reacción, en agosto de 1939. Fueron mucho más potentes que los motores de pistón.

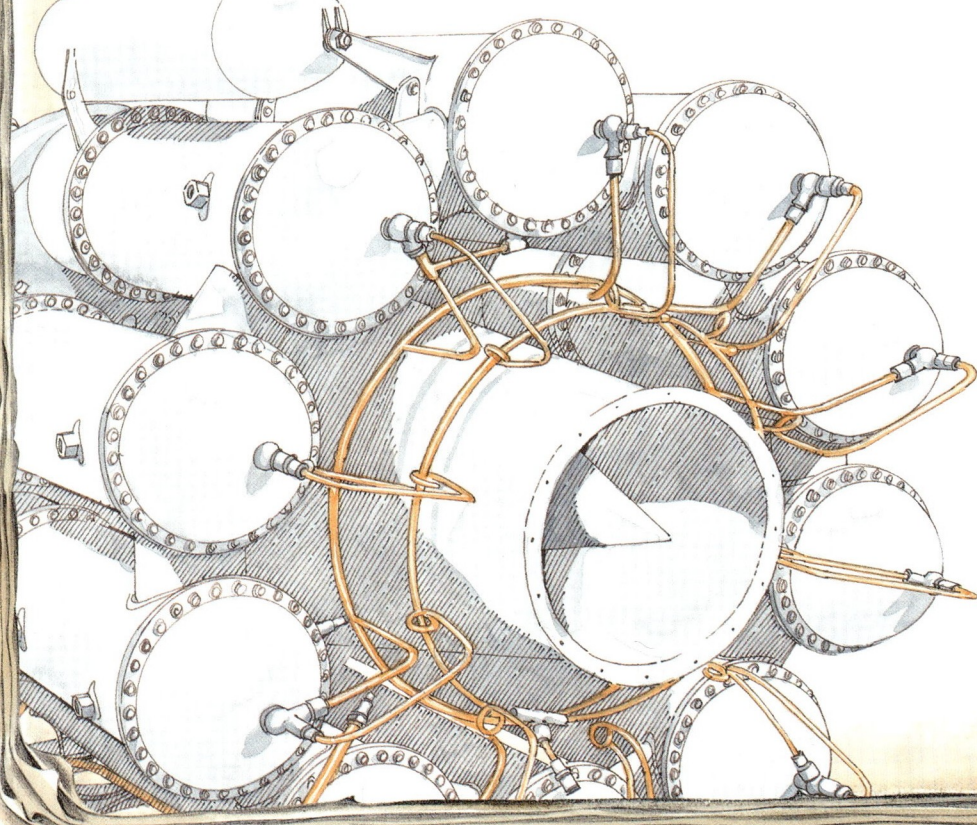

Sucesos

1923 Rusia pasó a llamarse Unión de Repúblicas Socialistas Soviéticas (URSS), luego de la Revolución de Octubre y de la ejecución de la familia real.

1927 El astrónomo Edwin Hubble descubrió muchas galaxias en el espacio.

1930 La inglesa Amy Johnson fue la primera mujer en volar desde Londres hasta Darwin, Australia.

1935 Las Leyes de Nuremberg iniciaron la persecución de los judíos en Alemania.

1936 El atleta afroamericano Jesse Owens ganó cuatro medallas de oro en los Juegos Olímpicos celebrados en Nuremberg, ofendiendo a Hitler.

1939 Alemania invadió Polonia y comenzó la Segunda Guerra Mundial.

1940 Con menos de 1000 Hurricanes y Spitfires, la RAF (Royal Air Force) derrotó al Luftwaffe (Fuerza Aérea Alemana), con más de 3000 aviones de combate.

Inventos

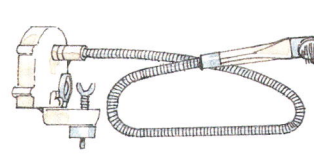

1930 Se inventó el cepillo de dientes con motor hidráulico *Kavor*. Se conectaba a la llave del agua mediante un tubo flexible y comenzaba a girar por efecto de la presión.

1933 Carlton Magee inventó el parquímetro. A la derecha, vemos uno de 1938.

1938 Chester Carlson inventó la fotocopiadora. Primer prototipo, a la derecha.

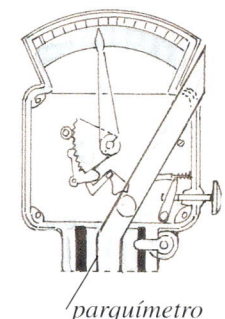

fotocopiadora

parquímetro

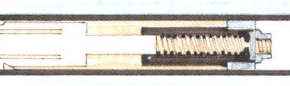

1938 Ladislao y George Biró inventaron el bolígrafo, con tinta de secado rápido. (Ver arriba.)

1939 Gran Bretaña construyó un sistema de defensa de radares a lo largo de sus costas para protegerse del ataque alemán. Su radar usaba ondas de radio para detectar objetos y medir distancias. Funcionaba en todos los climas e incluso de noche.

Las primeras computadoras eran enormes, y ahorraban gran cantidad de tiempo en cálculos matemáticos.

El radar es fundamental para el sistema de defensa de cualquier país.

1946 El ENIAC (Electronic Numerical Integrator and Computer) fue el primer computador electrónico moderno. Era enorme y pesaba 30 toneladas. Hacía cálculos que tardarían un año, en tan solo una hora.

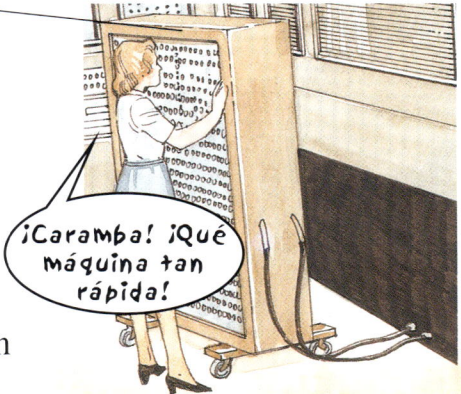

¡Caramba! ¡Qué máquina tan rápida!

Inventores

Alexander Fleming (1881-1955)

Científico escocés especializado en el estudio de las bacterias. En 1928, se dio cuenta de que un moho que contaminaba una de sus placas de cultivo había destruido la bacteria cultivada en ella. Este moho pertenecía a un grupo de esporas llamadas Penicillium.

Con base en este hecho, los científicos Howard Florey y Ernest Chain descubrieron la manera de convertir las esporas de Penicillum en uno de los elementos más eficaces de la medicina moderna: la penicilina. Este medicamento disminuye el riesgo de muerte por infección séptica.

moho de penicilina rodeado de bacterias.

1941 a 1958
Las grandes potencias

Después de la Segunda Guerra Mundial, la tecnología se desarrolló a una velocidad vertiginosa y el mundo entró en la Era Espacial. Las dos grandes potencias mundiales, la URSS y Estados Unidos, comenzaron una feroz competencia por el dominio del espacio. La URSS lanzó el primer satélite artificial en 1957, para demostrar su superioridad militar.

Los dos países competían también en tecnología nuclear, no sólo como fuente energética sino como material para construcción de armas. Ambos países construyeron la bomba de hidrógeno, con alcances mucho más destructivos que la bomba atómica.

¡Qué buena idea! ENERGÍA NUCLEAR

En 1956, se inauguró la primera planta nuclear en Calder Hall, Gran Bretaña. Plantas como ésta no sólo constituían una fuente de energía eléctrica, sino que también producían plutonio para armas nucleares.

Sucesos

1941 Japón atacó la base naval estadounidense Pearl Harbor, por lo cual, Estados Unidos entró en la Segunda Guerra Mundial.

1945 Estados Unidos lanzó bombas atómicas en Japón, logrando su rendición, y la de Alemania. Este hecho terminó la Segunda Guerra Mundial, y se juzgó a los jefes nazis por sus crímenes contra la humanidad.

1945 Se conformó la ONU, Organización de las Naciones Unidas.

1949 Se creó la OTAN, (Organización del Tratado del Atlántico Norte), para combatir la amenaza del comunismo soviético.

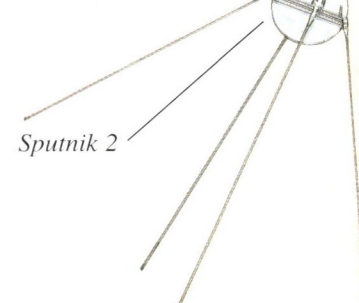

Sputnik 2

1957 La Unión Soviética lanzó su primer satélite artificial, Sputnik 1. Un año después, lanzaron el Sputnik 2 con una perrita como tripulante, llamada Laika.

1958 El líder chino Mao Tse-tung presentó su plan "Gran salto adelante" para el desarrollo industrial.

Inventos

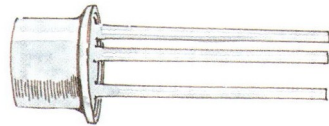

1947 Se inventó el transistor (izquierda), que usaba electricidad para controlar la misma electricidad.

1953 Joseph Salk descubrió la vacuna contra el polio. Antes, las personas afectadas recibían tratamiento médico con un "pulmón de hierro", especie de respirador artificial.

1954 Se implementó la construcción de barcos y submarinos nucleares. Estados Unidos y la URSS fabricaron las primeras bombas de hidrógeno.

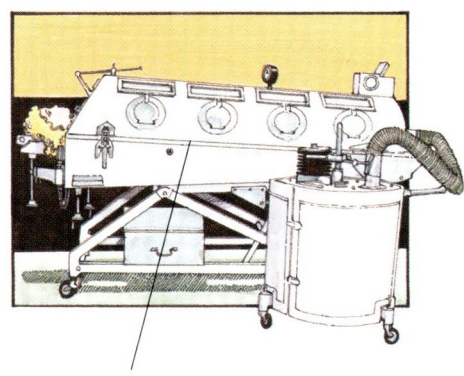

"Pulmón de hierro" o respirador artificial

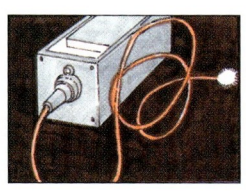

1955 Narinder Kapany inventó la fibra óptica, capaz de transportar luz, incluso en las curvas. Este invento facilitó el progreso de las comunicaciones.

1955 Christopher Cockerell inventó el aerodeslizador, cuya primera versión de grandes dimensiones se probó en mayo de 1959. En los años sesenta se utilizaban para transportar automóviles de un lado al otro del Canal de la Mancha.

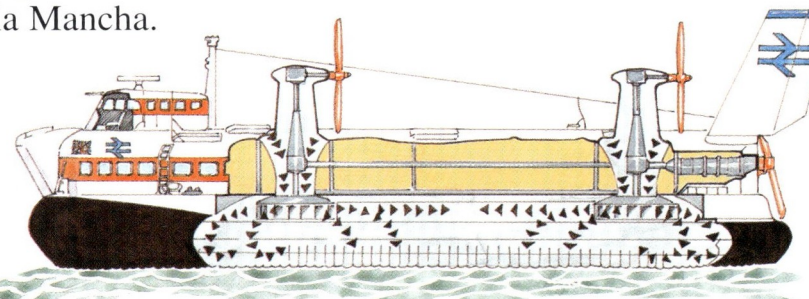

1956 Difusión de la píldora anticonceptiva.

1957 El misil soviético R-7 lanzó al espacio los satélites Sputnik. Por sus dimensiones y potencia demostró que podía servir para disparar armas nucleares hasta la otra orilla del Atlántico.

Misil soviético R-7

J. Robert Oppenheimer (1904-1967)
Este físico estadounidense desarrolló la bomba atómica en su laboratorio en Nuevo México. En 1945, luego de gastar dos mil millones de dólares en el proyecto, hizo su primera prueba. La enorme nube atómica en forma de hongo que se formó en el cielo despertó la admiración de la comunidad científica.

Francis Crick (1916-2004)
En 1962 el inglés Francis Crick y el estadounidense James Watson recibieron el Premio Nobel por el descubrimiento de la estructura del ADN, material genético de los seres vivos. Este descubrimiento inició la biología molecular, a partir de la cual se desarrollaron diversas técnicas como la terapia *genética* y la *clonación*.

James Watson (1928-)

1960 a 1969

Conquista del espacio

El 12 de abril de 1961, la URSS se convirtió en el primer país en poner a un hombre en órbita. En 1969, el astronauta estadounidense Neil Armstrong fue el primero en pisar la Luna. Desde entonces, se han usado los satélites para observar el clima, espiar países rivales y establecer redes de comunicación. Este nuevo sistema ha permitido la transmisión por televisión de noticias de cualquier parte del mundo, de manera instantánea. La introducción de circuitos integrados, con transistores adheridos con silicona hizo que los computadores fueran más pequeños y económicos. Como resultado de una creciente conciencia ambiental y preocupación por los alcances de las armas nucleares y de la polución, se crearon leyes para controlar la contaminación.

Sucesos

"Nos propusimos ir a la Luna en esta década...".

1961 El presidente Kennedy se propuso llevar al primer hombre a la Luna y regresarlo a la Tierra sano y salvo antes de 1970.

1963 La rusa Valentina Tereshkova fue la primera mujer en viajar al espacio.

1963 La Unión Soviética, Gran Bretaña y Estados Unidos prohibieron las pruebas nucleares.

1965 El astronauta estadounidense Edward White fue el primero en caminar en el espacio.

1969 Los astronautas estadounidenses aterrizaron en la Luna.

¡Qué buena idea!

Llegar a la Luna

¡Pues no es de queso!

Inventos

1960 Theodore Maiman construyó el primer láser, que emitía un rayo de luz potente y muy delgado. El láser se usa en muchos campos, desde las comunicaciones hasta la cirugía.

1961 La URSS realizó su primer vuelo tripulado en el espacio. Yury Gagarin se convirtió en el primer hombre en darle la vuelta a la Tierra aterrizando cerca del río Volga en Rusia.

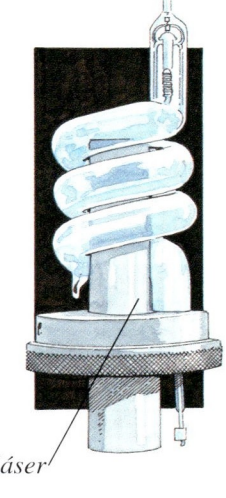
láser

1962 Lanzamiento del Telstar (izquierda), primer satélite de comunicación capaz de transmitir programas de televisión de un punto muy lejano de la Tierra a otro.

1962 Creación de "Guerra espacial", el primer juego en computador.

1963 Gracias a los estudios en ingeniería se creó una fibra de carbón fuerte y duradera controlando los niveles de calor en las fibras sintéticas.

1964 La empresa estadounidense IBM insertó un dispositivo especial en las máquinas de escribir eléctricas, para guardar electrónicamente los textos en una cinta magnética. Esto facilitó el almacenamiento de grandes cantidades de texto.

1967 Algunos surfistas inventaron el monopatín, clavando ruedas a la superficie inferior de una tabla. ¡Así podían "hacer surf" sin necesidad de estar en el mar!

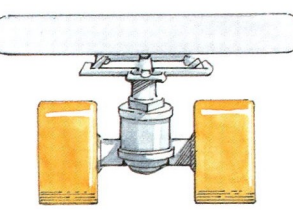

1967 Se logró el primer transplante exitoso de corazón, uniendo el corazón del donante a la parte superior del corazón del receptor; luego se removió el aire que estaba en medio y finalmente se suturó.

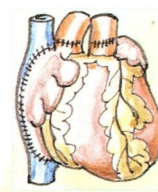

Wernher von Braun (1912-1977)
Científico alemán que desarrolló el misil V-2 durante la Segunda Guerra Mundial. Después de la derrota de Alemania, von Braun se rindió y se nacionalizó como estadounidense. Luego, se convirtió en un científico líder en los programas espaciales de ese país.

Sergei Korolev (1907-1966)
Korolev, científico a cargo del programa espacial soviético, diseñó junto con su colega Valentin Glushko el Sputnik 1, primer satélite artificial lanzado al espacio el 4 de octubre de 1957.

Dr Christiaan Barnard (1922-2001)
Médico de origen surafricano, que realizó el primer transplante de corazón, aunque su paciente falleció 14 días después de la cirugía. Hoy día el 75% de los pacientes con transplante de corazón sobreviven.

1970 a 1979
TECNOLOGÍA MODERNA
Sucesos

Los computadores modernos usan silicona en los circuitos integrados. Todos los componentes y conexiones necesarios para un circuito eléctrico se pueden ubicar en un trozo de silicona tan pequeño como la uña de un niño. En 1971 los ingenieros estadounidenses Federico Faggin, Ted Hoff y Stan Mazor inventaron el microprocesador, un chip con todas las partes fundamentales de un computador en un solo trozo de silicona. Este se convertiría en el "cerebro" del computador personal.

¡Qué buena idea!
COMPUTADORES PERSONALES

¡Socorro, dónde está mi archivo!

1970 Luego de un golpe militar, Idi Amin se tomó el poder de Uganda.

1972 Pakistán se vio forzado a renunciar a Pakistán Oriental, que se convertiría en Bangladés.

1973 La guerra del Yom Kipur entre los Estados Árabes e Israel provocó restricciones petroleras y una crisis económica global.

1973 Se inauguró el Teatro de la Ópera de Sydney, tras catorce años en construcción.

1974 Se descubrió la tumba del emperador chino Qin Shihuang con 7500 figuras y objetos de cerámica.

1976 Primeros vuelos transatlánticos del Concorde, un avión supersónico para transporte de pasajeros.

1976 Varios países se acogieron al Acuerdo de Helsinki en Derechos Humanos.

1979 Elección de Margaret Thatcher como primera ministra en Gran Bretaña. Fue la primera mujer en desempeñar este cargo en ese país.

1979 Estalló la guerra civil en Afganistán contra el régimen pro soviético. La URSS envió tropas para defender al gobierno afgano.

Inventos

1971 Aparece el microprocesador, que cuenta con una unidad central CPU. Esta CPU viene comprimida en un chip de silicona.

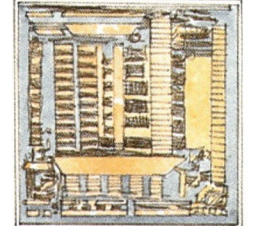

1971 Lanzamiento de Salyut-1, la primera estación espacial soviética. Infortunadamente la tripulación murió por la pérdida de aire en su regreso a la Tierra.

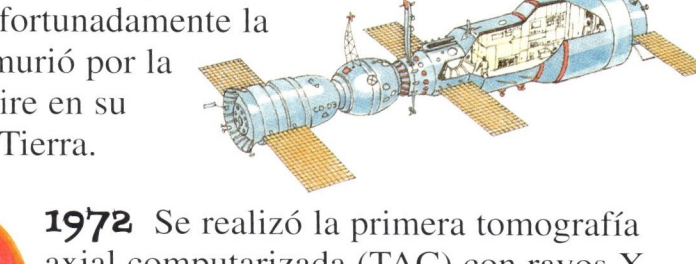

1972 Se realizó la primera tomografía axial computarizada (TAC) con rayos X tridimensionales. Este escáner muestra imágenes del cuerpo por secciones, facilitando la detección de tumores y su localización aproximada. Un TAC proporciona mucha más información que un examen normal con rayos X.

1972 Los bajos precios de los dispositivos de los computadores promovieron el auge de nuevos productos como los juegos de video (derecha) y las calculadoras de bolsillo.

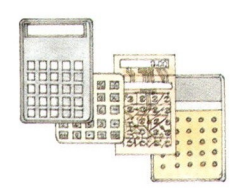

1978 Nacimiento del primer bebé probeta, gracias a la fertilización de óvulos humanos in vitro, y a una posterior implantación del preembrión en el útero de la madre.

1978 De izquierda a derecha vemos las ilustraciones del popular juego de video **Invasores del espacio**, que salió al mercado después del éxito de **Pong**, en 1972.

1979 El walkman de Sony fue el primer equipo de sonido portátil en el mercado. Su pequeña casetera y sus auriculares livianos permitían llevarlo consigo y escuchar los casetes.

Inventores

Steven Jobs (1955-)
Estadounidense cofundador de Apple Computer Corporation y gestor de la producción masiva de computadores personales. Junto con su amigo Steven Wozniak, diseñó juegos de computador para Atari. También fue el fundador de la compañía de programas NeXT y del estudio de animación Pixar.

Stephen Wozniak (1951-)
Estadounidense que usó un procesador de bajo costo y varios chips de memoria para ensamblar Apple 1 un mejor computador que los existentes en los años setenta. Fue confundador de Apple Computer Corporation.

Bill Gates (1955-)
Siendo estudiante notó el crecimiento del mercado de computadores personales y la necesidad de programas de fácil manejo. Luego, Gates dejó la Universidad de Harvard y fundó Microsoft.

La frontera final

1980 a 1987

El transbordador espacial estadounidense hizo su primer viaje en 1981, pero en 1986, se presentaron dos dramáticos accidentes: el 28 de enero el transbordador Challenger se hizo pedazos poco después de su despegue, y el 25 de abril siguiente explotó un reactor nuclear en Chernobyl, URSS. Desde entonces, cesaron por completo las pruebas nucleares programadas en varias partes del mundo. En 1983, la Agencia Espacial Europea lanzó el *Spacelab*. Para disminuir costos, decidieron que se transportaría en la bodega de los transbordadores espaciales. Estados Unidos dejó de mandar tripulantes en sus naves hasta 1988.

¡Qué buena idea! TRANSBORDADORES ESPACIALES

Sucesos

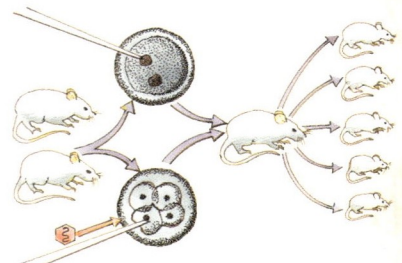

1981 Primera producción de animales transgénicos en Estados Unidos. Se extrae un óvulo fertilizado de la madre, se añade el ADN de otra especie y se vuelve a implantar. Los primeros ratones transgénicos recibieron un gen de crecimiento y, crecieron un 50% más que un ratón normal.

1980-90 Los programas de procesador de palabras se volvieron asequibles y los computadores personales reemplazaron las máquinas de escribir.

1980-90 En Alemania se desarrollaron trenes de levitación magnética (maglev), mucho más veloces que los precedentes.

Inventos

Inventores

1970-80 Los hornos microondas cocinan los alimentos con ondas de radio de alta potencia.

1980 Producción de los primeros discos compactos (arriba), que no se rayan como los discos de vinilo.

1980-90 Los costos de producción de artefactos en serie comenzaron a bajar, en la medida en que intervinieron más robots en el proceso de manufactura. Robots más versátiles son incluso capaces de labores pesadas de ensamblaje. En las líneas de producción modernas, están programados para desempeñar cada uno una función específica.

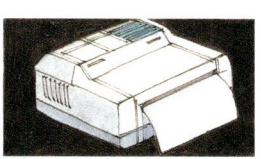

1980-90 Se hace común el uso del teléfono móvil. Son un símbolo de estatus y poder adquisitivo.

Los fax usan microprocesadores: su uso se generalizó, cuando las diferentes marcas establecieron un estándar compatible para todo el mundo.

1985 Con la aparición del Video 8, liviano y manejable, se generalizó el uso de las videocámaras.

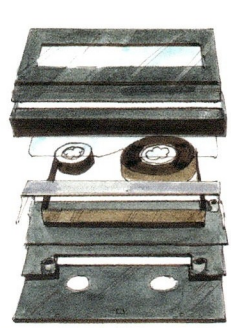

1987 Se mejora la calidad de grabación de sonido con la introducción de grabadoras digitales.

Gertrude Elion (1918-1999)
Los estudios de esta estadounidense revolucionaron la medicina y farmacéutica. En 1954 patentó un medicamento para combatir la leucemia que hoy día salva al 80% de los niños afectados. También inventó una droga que ayuda a aceptar los órganos transplantados, y en 1983 desarrolló el primer medicamento antiviral, principio del AZT, sustancia fundamental en el tratamiento del sida. Por su condición de mujer en un ambiente de hegemonía masculina, Elion soportó durante años posiciones de bajo perfil profesional hasta lograr un cargo más autónomo e importante en la investigación científica. En 1988, compartió el Nobel de Medicina con George Hitchings.

Patricia Bath (1942-)
En 1988, esta oftalmóloga se convirtió en la primera mujer afroamericana en patentar un invento médico; se trataba de un dispositivo láser que vaporizaba las cataratas a gran velocidad y sin dolor. Este invento revolucionó la cirugía ocular. Bath contribuyó a que muchas personas con ceguera de más de 30 años recuperaran la vista.

1990 a 1999

El mundo cibernético

¿Quieres ver cuánto ha cambiado el mundo? Simplemente entra a Internet, activa un navegador y escribe cualquier palabra: ¡obtendrás miles de entradas! Allí puedes encontrar prácticamente cualquier cosa. El nuevo medio de comunicación de masas del siglo XXI está hecho de millones de enlaces que se establecen en Internet. A través del correo electrónico y el acceso a la red, puedes estar en cualquier parte del planeta, sin restricciones de tiempo ni espacio y sin pagar tarifas a llamadas de larga distancia.

¡Qué buena idea!
WORLD WIDE WEB

La triple w, World Wide Web, significa "red a lo largo del mundo" por sus iniciales en inglés; está en el HTTP (protocolo de transmisión del hipertexto). Este es un código que conecta todos los archivos electrónicos por Internet, permitiendo saltar a voluntad entre las páginas en red. Todas ellas tienen una dirección en red, llamada URL (localizador universal de recursos). Las páginas en red se escriben en un lenguaje de computador llamado HTML que conecta tu computador a otras páginas. Puedes tener acceso a la red a través de un navegador. Al digitar una dirección en la red, el navegador te trae a la pantalla la página en red respectiva, desde el servidor donde ella se encuentra.

Sucesos

1990 Reunificación de Alemania.

1991 Guerra civil en Yugoslavia.

1991 Debut oficial del www. En solo cinco años, el número de usuarios de Internet saltó de 600 mil a 40 millones de personas.

1992 Primera Cumbre de Medio Ambiente de la ONU en Río de Janeiro, Brasil.

1993 Aprobación del proyecto de *Native Titles* en Australia, que pretendía devolver los derechos sobre la tierra a los aborígenes.

1994 Inauguración del canal subacuático que comunica a Gran Bretaña con Francia.

1994 Luego de 27 años de prisión, fue elegido Nelson Mandela como primer presidente de raza negra de Sudáfrica.

1995 Un enorme terremoto causó graves daños en Kobe, Japón.

1995 En la cumbre de la Unión Europea, en Madrid, se decidió el uso del euro como moneda única a partir de 1999.

1997 Muere la princesa Diana de Gales en un accidente de tránsito en París.

Inventos

Inventores

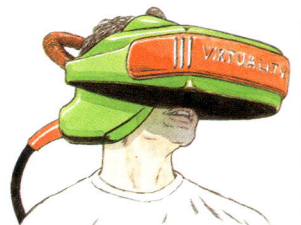

1991 Juegos de realidad virtual. Gracias a los cascos con video, los usuarios pueden situarse virtualmente en un mundo de imágenes y sonido que parecen reales.

Preocupados por el medio ambiente, se incluye un catalizador en los automóviles para eliminar el plomo de la gasolina.

convertidor catalítico

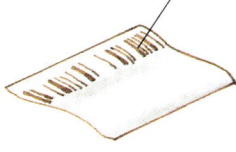

impresión del diseño único del ADN de una persona.

El estudio, en los años ochenta, de las huellas dactilares determinó que cada persona tiene una huella única, tal como único es su ADN.

Las plantas solares (a la derecha) concentran energía suficiente para suministrar electricidad a todo un pueblo pequeño.

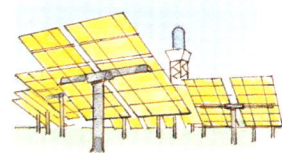

La fuerza del viento puede generar electricidad sin producir contaminación. Las granjas de energía eólica (a la izquierda) deben tener grandes extensiones de tierra para producir suficiente energía.

La energía producida por la fuerza de las olas es otra fuente de electricidad como alternativa al carbón y la gasolina.

generador

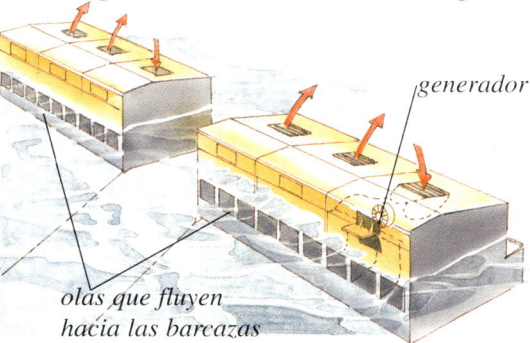

olas que fluyen hacia las barcazas

Los nanorrobots tendrán instrumentos de microcirugía para aplicar medicamentos o extraer toxinas directamente de las células. Una antena diminuta transmitirá información del paciente al doctor, o viceversa.

Krisztina Holly (1968-)
Desarrolló el primer holograma computarizado a todo color. También contribuyó en la elaboración de un ojo robotizado y un robot para control y mantenimiento de los transbordadores espaciales. Inventó un programa telefónico de computador compatible con Windows, que responde y transfiere llamadas, recibe mensajes y transmite faxes. En 1992 inventó el lector de código de barras.

Tim Berners-Lee (1955-)
Transformó un poderoso sistema de comunicación (el World Wide Web), en un medio de comunicación de masas. Nunca ha pretendido sacar provecho financiero de esta innovación tecnológica y, por el contrario, ha luchado para que continúe siendo un medio de acceso gratuito trabaja como director de W3 Consortium, una organización que ayuda a que las compañías de software compartan información.

59

2000 a - ?

EL NUEVO MILENIO

El siglo XXI nos sorprendió con un progreso tecnológico asombroso. En el año 2000, varios cosmonautas rusos y estadounidenses se convirtieron en los primeros habitantes de la Estación Espacial Internacional, que está en órbita a 384 km sobre Kazajistán. La tripulación adelanta investigaciones en condiciones de gravedad cero. Por otro lado, en la Tierra, se hicieron descubrimientos científicos sobre cómo remplazar el núcleo de un óvulo con el de un donante, de modo que el individuo sea idéntico al donante del núcleo, es decir, un clon. Este tema despertó gran controversia, porque algunos piensan que resta valor a la vida, mientras otros sostienen que puede salvar vidas.

¡Qué buena idea!
INGENIERÍA DE TEJIDOS

Investigadores implantaron un prototipo de oreja humana, hecha de poliéster y cartílago humano, en la espalda sin pelo de un ratoncito. La oreja se alimentó del tejido del ratón y el cartílago creció hasta remplazar el poliéster. Se espera que esta nueva tecnología contribuya al crecimiento de implantes de órganos externos e internos.

Sucesos

2000 Una tripulación espacial tomó residencia permanente en la Estación Espacial Internacional. Fotos tomadas a Marte por la sonda espacial *Global Surveyor* señalaron que alguna vez hubo agua en ese planeta.

2000 Estalló la guerra en Kosovo, luego de que el ejército serbio masacrara albaneses del Ejército de Liberación de Kosovo. La OTAN lanzó ataques aéreos en Belgrado.

2001 Ataque terrorista del Al-Qaeda al World Trade Center de Nueva York, a bordo de aviones Boeing 747 secuestrados. Murieron cerca de tres mil personas.

2002 Se hundió el arrecife de hielo Larsen B en Antártica.

2003 Tropas estadounidenses invadieron Iraq. Saddam Hussein escapó pero finalmente fue capturado, y ejecutado tres años déspues.

2004 Un tsunami provocado por un terremoto en el fondo del océano Índico devastó las costas de Tailandia, Indonesia.

Inventos

2000 La comunicación sin cables entra en una nueva era con la introducción de tecnología de tercera generación (3G) y servicios de banda ancha.

2001 Legalización de la clonación terapéutica en Gran Bretaña. En 1997, el embriólogo británico Ian Wilmut, del Instituto Roslin, en Escocia logró clonar el primer mamífero, una oveja llamada Dolly.

2001 Luego de los ataques terroristas del 11 de septiembre, el mundo tomó conciencia de la seguridad; en la mayoría de ciudades ya hay redes de circuito cerrado de televisión para la vigilancia (CCTV).

2002 Los teléfonos móviles ofrecen muchas opciones, como almacenamiento de datos, envío y recepción de correo electrónico, acceso a Internet y mensajes de texto, fotos y videos.

2003 El escáner de pupila o de huellas dactilares permite la identificación de características físicas o de comportamiento; se usa sobre todo para reemplazar contraseñas que se pueden perder u olvidar.

2004 Presentación del Airbus A380, el avión comercial más grande del mundo. Este superjumbo de doble cabina, cuatro pasillos y capacidad para 555 pasajeros entraría en circulación en el 2006.

Inventores

Ann Tsukamoto (1952-)

Estadounidense que copatentó el proceso de aislamiento de las células madre (ver abajo). Estas se encuentran en la médula ósea y son las responsables de la producción de glóbulos rojos y blancos. La reproducción artificial de estas células ha sido vital para la lucha contra el cáncer. Los estudios de Tsukamoto han facilitado la comprensión del sistema sanguíneo de los pacientes con cáncer.

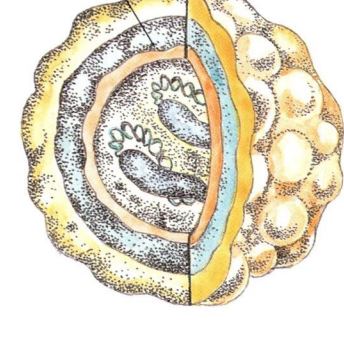

células madre de un humano

Ian Wilmut (1944-)

Primer científico en clonar un mamífero (una oveja llamada Dolly) de las células adultas de otro. Estos primeros experimentos repercutieron en una acalorada polémica pública sobre los aspectos éticos de esta investigación. Wilmut continúa su estudio al respecto, con el objetivo de producir animales que proporcionen proteínas para el ser humano.

Glosario

Acueducto. Estructura utilizada para conducir agua.
Adhesivo. Algo que sirve para pegar dos objetos.
ADN. Estructura genética básica que proporciona las características que se heredan de padres a hijos.
Almanaque. Lista tabulada de fechas.
Tornillo de Arquímedes. Instrumento usado para subir agua de un río.
Anticonceptivo. Medio para prevenir embarazos.
Asamblea. Grupo de personas que se reúnen por un interés común, como una religión o una forma de gobierno.
Asteroide. Especie de planeta menor que circula en las órbitas de Marte y Júpiter.
Astronomía. Estudio de la posición y movimiento de los cuerpos celestes.
Átomo. Mínima parte de un elemento que todavía puede hacer parte de una reacción química.
Barómetro. Instrumento para medir la presión atmosférica para predecir cambios de clima.
Betún. Sustancia usada en las primeras planchas fotográficas.
Binomio. Expresión algebraica formada por la suma o la diferencia de dos términos o monomios.
Bomba H. Bomba de hidrógeno, versión mucho más potente que la bomba atómica.
Carabela. Barco de dos o tres mástiles común en los siglos XV y XVI.
Cartógrafo. Persona que diseña y dibuja mapas.
Clonación. Acción de copiar células u órganos a nivel genético.
Cosmonauta. Astronauta.
Domesticado. Animal salvaje que está bajo el control humano.
Donante. Persona que da algo.
Dinastía. Sucesión de gobernantes parientes entre sí, como padre e hijo.
Embrión. Forma primaria de desarrollo de un animal o ser humano.
Faraón. Gobernante del Antiguo Egipto.
Fermentar. Convertir azúcar en alcohol a través de un proceso químico con levadura.
Generador. Máquina que produce energía eléctrica por efecto de la energía mecánica.

Habitable. Lugar en el que se puede vivir.
Hidráulico. Que funciona por presión del agua.
Homo erectus. Primer hombre primitivo que caminó erguido.
Homo sapiens. Nombre científico que designa al hombre moderno.
Láser. Rayo de luz muy delgado, de alta intensidad de radiación.
Leucemia. Enfermedad que afecta la sangre.
Nómada. Persona que no tiene casa fija y que viaja constantemente en busca de alimentos.
Núcleo. Parte central de un átomo.
Paleolítico. Período de la Prehistoria en el cual el hombre empezó a fabricar herramientas.
Papiro. Especie muy antigua de papel, hecha de tallos de una planta de río.
Pedernal. Especie de cuarzo muy resistente producto de la caliza.
Peste negra o bubónica. Enfermedad contagiosa y mortal propagada por las pulgas de las ratas.
Precursor. Algo o alguien que precede a otro.
Prototipo. Modelo de prueba para un nuevo producto.
Protozoos. Organismos hechos de un solo tipo de célula.
Psicoanálisis. Estudio de los desórdenes mentales a partir del análisis del inconsciente.
Psiquiatra. Doctor que trata enfermedades mentales.
Radar. Método para detectar la posición y velocidad de objetos distantes, tales como los aviones.
Radioterapia. Tratamiento de una enfermedad con radiaciones.
Sextante. Instrumento usado en navegación, que toma como base la posición de los planetas para indicar la ubicación de la embarcación.
Shaduf. Mecanismo de contrapeso para subir agua.
Supersónico. Que viaja más rápido que la velocidad del sonido (unos 1200 Km/hora).
Transformador. Dispositivo que transfiere corriente de un circuito a otro.
Transistor. Dispositivo que puede aumentar la corriente.

Uroscopia. Examen médico de la orina.
Vacuna. Forma debilitada de una enfermedad para suministrarla a las personas con el fin de que ellas produzcan anticuerpos contra esa misma enfermedad.
Vacío. Un espacio que no contiene nada, ni siquiera aire.
Ventrílocuo. Persona que emite sonidos que parecen provenir de otra parte.

Indice

A
acueducto 12, 62
ADN 51, 56, 62
Adriano, emperador 12
aerodeslizador 51
aeronave 39, 43
aeroplanos 42, 43, 44
afeitadora 43
eléctrica 45
África 4, 5
Al-Qaeda 60
Álamo, El 36
Alberto, príncipe 34
Alejandría, 40
Alemania nazi 50
Alexander II, Zar 40
alfabeto 10, 21, 23
Alfredo (el Grande), rey 15
América 14, 24, 26, 30, 31
ametralladora 29, 43
Amin, Idi 54
Amudsen, Roald 44
Angicourt, Batalla de 22
Angkor Wat 16
Anglosajones 12
anticonceptivo 51, 62
Antiguo Egipto 8, 9
Appert, Nicolas-Francois 33
Apple (computadores) 55
Aragón, Catalina de 24
arco
largo 17
arco
romano 11, 13
ariete 18
Armada Invencible 26
armadura 19
armas 4, 7, 17, 18, 25, 27, 29, 35, 46, 48, 50, 51
de fuego 35, 37, 43
Armstrong, Neil 52
arnés 7
Arquígenes 31
Arquímedes 11, 62
Art Nouveau 40
aspiradora 43, 62
asteroide 5
astrolabio 17
astronomía 8, 9, 15, 27, 28, 30, 32, 46, 62
Atenas 10
automóviles 41, 42, 43
avión de reacción (jet) 48, 61
aztecas 20, 22

B
Babbage, Charles 35
Baird, John Logie 46
Banneker, Benjamin 30
Barnard, Christian 53
barómetro 27, 62
batería (eléctrica) 33
Bath, Patricia 57
BBC 46
bebé probeta 55
Beethoven 32
Bell, Alexander Graham 41
Benz, Karl 41
Berners-Lee, Tim 59
Bessemer, Henry 37, 39
Biblia 23
billetes 27
biplano 41
Biró, George 49
Blériot, Louis 44
Bóer, guerra 40
bolígrafo 49
bomba atómica 48, 51
bomba de aire 27
bomba de hidrógeno 50, 51, 62
bomba de succión 11
bombillo 40
Bradley, Benjamín 37
Braille, Louis 33
Braun, Werner von 53
Brehaim, Martin 23
Britannia 12
bronce 7
Buda 15
Byron, Lady Augusta Ada 35

C
calculadora de bolsillo 55
calefacción subterránea 13
calendario gregoriano 9
cámara 35
Cambell, John 31
campana de buzo 23
canal subacuático 58
cañón 19
carabela 19, 62
Carlo Magno 14
Carlos I, rey de Inglaterra 26
Carlos II, rey de Inglaterra 26
carreta de arado 15
carros de tiro (de caballo) 34
Carta Magna 16
Carver, George W. 45
castillos 18, 19
catalizador 59
catapulta 18
catedrales 17, 20
caza 4, 5
CCTV 61
células madre 61
cemento 13
cepillo
de dientes 23
cepillo
dientes hidráulico 49
cerámica 6, 7
César Augusto 12
Challenger 56
champaña 29
Chernóbil 56
China 11, 14, 15, 21, 22, 23, 27, 44, 50
chip de silicona 54
clonación 60, 61, 62
código Morse 36
cólera 38
Colón, Cristóbal 24
Colt, Samuel 35
combustible líquido 47
compás magnético 16
computador 35, 49, 54,-55, 56
comunicación satelital 52, 53
Concorde 54
concreto 12
contrafuerte 17, 20
Cook, James 30
Copérnico, Nicolás 24
correo electrónico (ver Internet)
cortacésped 35
cosechadora de grano 35
cota de malla 19
Crack, Francis 51
Crécy, batalla de 19
cristianismo 16, 17, 18, 20, 21, 22, 24, 27
Cromwell, Oliver 26
Cromwell, Richard 26
Cruz Roja 39
Cruzadas 16
cuentakilómetros 23
cultivo 6, 7, 8, 9
cuneiforme 6, 7
Curie, Marie y Pierre 42

D
daguerrotipo 37
Darwin, Charles 36
Davy, Humphry 33
Declaración de Independencia 31
democracia 10
dentadura postiza 31
Diana, princesa de Gales 58
diapasón 29
dígitos, números árabes 15
dinamita 36
disco compacto 57
Dolly (oveja) 61
Dom Perignon 29
Domesday Book 16
domesticación 6
Dondi, Giovanni de 19

E
Edad de Piedra, 4
Edad Oscura 14, 15
Edison, Thomas 40, 41
Eduardo II, rey de Inglaterra 19
Eduardo VII, rey de Inglaterra 44
Einstein, Albert 44
electricidad 32
Elion, Gertrude 57
energía eólica 59
energía nuclear 40, 51, 52, 56
energía solar 59
Enrique VIII, rey de Inglaterra 24
esclavitud 10, 30
Espartaco 12
estación espacial 55, 60
estampilla para correos 35
estéreo personal 55
estribos 14
exploración 14, 19, 24, 44
espacial 50, 52
Eyck, Jan van 22

F
Fabre, Henri 45
Faraday, Michael 32
faro 11
fax 47, 57
Ferndinand, archiduque Franz 46
ferrocarriles 32, 34, 36, 38
fibra
de carbón 53
óptica 51
Fleming, Alexander 49
Ford, Henry 44, 45
fotocopiadora 49
Frankenstein 32
Franklin, Benjamín 29, 31
fresa odontológica 31
Freud, Sigmund 42
fuego 5

G
Gagarin, Yuri 53
Galilei, Galileo 27
Gates, Hill 55
General Electric Company 45
Gesner, Konrad von 23
Giges, rey de Lidia 9
Gillette, King Camp 43
Giza 8
globo 42
godos 12
Gran exposición eléctrica 40
gravedad 29
Grecia Antigua 8, 9-10, 15, 16 22, 26
Greenwood, John 31
Guericke, Otto von 27
Guerra
Civil Británica 26
de las Falkland 36
Guerras napoleónicas 32
Guttenberg, Johannes 23

H
Haber, Fritz 47
hacha 5
Halley, Edmund 23, 28
Hargreaves, James, 31
Harrington, John 25
Harvey, William 26
helicóptero 45
Herón 28
Herschel, William 30
Hertz, Heinrich 46
hidroavión 45
Hitler, Adolf 48
Holly, Krisztina 59
holograma 59
Homero 8
Homo erectus 5, 62
Homo sapiens 5
Hubble, Edwin 48
huellas dactilares 59
Hussein, Sadam 60
Huygens, Christian 27, 29

I
Imperio Bizantino 14, 22
impresión 15, 22
Incas 16, 20, 22, 26
Indias 24
Indios americanos 26, 39, 40
ingeniería genética 56, 60, 61
Internet 58-59, 61

irrigación 6
Isabel I, reina de Inglaterra 25
Iván el Terrible 24

J
Janssen 25
jeringa 27
jeroglíficos 8, 9
Jobs, Steven 55
John, rey de Inglaterra 16
Johnson 48
juegos de computador 53, 59
Julio César 9

K
Kapany, Narinder 51
Kennedy, presidente John F. 52
kinetoscopio 41
Korolev, Sergei 53

L
lápiz 23
láser 53
Latimer, Lewis 41
Lee, William 25
Leeuwenhoek, van Antoine 29
lentes 17
Linnaeus, Carl 28
literatura 8
Little Big Horn, Batalla de 39
locomotoras 34

M
Macintosh, Charles 3
Magallanes, Fernando de 24
Mahoma 12, 13
mamut 4
Manco Capac 16
Mandela, Nelson 58
máquina
de coser 35, 39
tejedora 25
a vapor 28, 30
Marconi, Guglielmo 40, 41, 46
María Antonieta 30
Marte 42, 60
Marx, Carlos 36
matemáticas 8, 9, 11, 29, 35
Meca 15
medicina 8, 15, 21, 42, 53, 57, 59
Menes, Faraón 8
Mercator Gerardus 27
Mesopotamia 6, 7
metrónomo 33
micénicos 8
microondas (horno) 57
microprocesador 54, 55
microscopio 25, 26, 29
minería 34
Minie, Claude 37

minoicos 8
misil 48
molinos de viento
Mona Lisa 25
monedas 9
mongoles 16, 20
monjas 16
monjes 16
monopatín 53
Montgolfier, hermanos 31, 42
motor
de gasolina 42
de reacción 48
música 5, 17

N
NASA 56, 60
nanorrobots, 59
Newcomen, Thomas 28, 31
Newton, Isaac 29
Niepce, Joseph Nicéphore 35
Nilo, río 8, 9
Nobel, Alfred 36, 37
normandos 16
Nuremberg, Leyes de

O
Ohain, Hans von 48
olla a presión 29
ONU 50, 58
Oppenheimer, Robert 51
ornitóptero 25
osito de peluche Teddy
OTAN 50, 60
Owens, Jesse 48

P
Panamá, Canal de 46
papel 9, 11
papel higiénico 39
Papin, Denis 2
papiro 9
paraguas 27
parquímetro 49
Pascal, Blaise 27
Pasteur, Louis 39
Pearl Harbour 50
penicilina 49
pesca 5
peste negra o bubónica 21, 22, 62
pintura en aerosol 5
pirámides 8
Pixii, Hippolyte 32
planeador 36, 41
policía 34
Polo Sur 44
Polo, Marco 21
pólvora 27
Pompeya 28
porcelana 15
prensa hidráulica 27
Primera Guerra Mundial 46

prisión 16
Puckle, James 29

R
radar 49, 62
radio 40, 46, 47
radioterapia 42, 62
Razes 15
realidad virtual 59
Reform Act 40
reloj de péndulo 27
reloj de sombra 9
reloj de vela 15
relojes 19, 21
Renacimiento, el 22-23
Revolución Francesa 30
Revolución Industrial 28, 31, 34, 36
Revolución Rusa 48
revólver 35
rifle flintlock 27
robots 57, 59
Rocket, el 34
Roma Antigua 12-13, 14, 15
romanos 9, 10, 11, 12-13, 16, 22, 26
Rooselvelt, presidente Theodore 45
rueda 6
Rutherford, Ernest 44

S
sacudehuesos 39
Saladín 16
Salamina, Batalla de 8
Salk, Joseph 51
Sandwich, conde de 31
satélite 50, 53
secador de pelo 45, 47
Segunda Guerra Mundial 48, 50
sextante 31, 62
shaduf 9, 62
Shakespeare, William 26
Shelley, Mary 32
Shore, John 29
sida 5
Singer 37
sistema feudal 20
sitio 18
Somme, Batalla de 46
sonido digital 57
Stevenson, George 34
Stonehenge 8
submarino 43
sumerios 6, 7
Swan, Joseph 40

T
TAC 55
talibán 60
tanques 46
tejedora Jenny 31

tejido 7
teléfono 41
móvil 57, 61
telégrafo (eléctrico) 37, 40
telescopio 26, 27
televisión 46, 52
terrorismo 60
Tershkova, Valentina 52
Tesibio 11
tetera eléctrica 43
Thatcher, Margaret 54
Tíber, río 12
Titanic 46
Tolomeo II, rey 11
Tornillo de Arquímedes 11
Torre Eiffel 40
Torricelli, Evangelista 27
Trajano, emperador 12
transfusion sanguínea 43
transistor 51, 62
transplante de corazón 53
tranvías 38
trasbordador espacial 56
trenes de levitación magnética 56
trenes subterráneos 39
Trevithick, Richard 34
Tsukamoto, Ann 61
Tull, Jethro 29

U
Unión Europea 58

V
vías 13
Victoria, reina de Inglaterra 34, 35, 44
videocámara 57
vikingos 12
Vinci, Leonardo da 23, 25
Volta, Alessandro 32, 33

W
Washington, George 30
Watson, James 51
Watt, James 30, 31
White, Edward 52
William, de Normandía 16
Wilmut, Ian 61
Wittle, Frank 48
World Trade Center 60
Wounded Knee, batalla de
Wozniak 55
Wright, hermanos 43

Y
Yom Kipur 54